U0528367

读客彩条外国文学文库

外国文学读彩条,大师经典任你挑。

重启人生
就从今日晚餐开始!

[日] 角田光代 —— 著

米悄 —— 译

かくた みつよ
ゆうべの食卓

文匯出版社

目　录

001　**明日家人**　/

003　　明日家人
008　　二十岁的新年
013　　我们的便当

019　**爸爸饭、妈妈饭**　/

021　　爸爸饭、妈妈饭
026　　新式家人
031　　成立新组合

037   **焗烤接力棒**   /

039   焗烤接力棒
044   她的便当
049   那天之后

055   **各自的梦想**   /

057   各自的梦想
062   她的恋情与腐皮年糕
067   路上的时光

073   **第一次搬家**   /

075   第一次搬家
080   第二次搬家
085   最后一次搬家

091　**充足的空隙**　/

093　　充足的空隙
098　　缘分之种种
103　　我的风格

109　**她的菜谱集**　/

111　　她的菜谱集
116　　前世与今生及夏天
121　　菜谱之旅

127　**欢迎来到烹饪界**　/

129　　欢迎来到烹饪界
134　　深入烹饪界
139　　所谓烹饪界……

145	**重在底味**	/
147	重在底味	
152	各自的日常	
157	最大的幸福	

163	**我的无敌妹妹**	/
165	我的无敌妹妹	
170	"一个人的快乐"计划	
175	全新的我们	

181	**我们的小历史**	/
183	我们的小历史	
188	蓝天下的餐桌	
193	餐桌的记忆	

199	**后　记**	/

明日家人

明日の
家族

明日家人

秋叶还没开始泛红,新年[1]年菜的宣传单就开始满天飞了。报纸里的夹页广告、百货公司寄来的小册子,就连便利店或超市的收银台和包装台上,都摆着花花绿绿的宣传单。

浜野麻耶把几张宣传单在餐桌上摊开,专注地看了起来。名店出品的、名厨监制的、西式的、中式的,还真是花样百出。刚结婚那会儿——一晃已是二十多年前的事了——她就很喜欢欣赏这样的宣传单。那时日子过得紧巴巴的,虽说只能饱饱眼福,但也足够让她快乐了。她经常会沉浸在遐想中:等有了孩子,家里添了人口,就订这种年菜;等孩子长大成人,那种适合下酒的年菜应该不错;诸如此类。

可一有了孩子,她就立刻忙得团团转,家里的所谓年菜,

---

[1] 日本新年为公历1月1日。——编者注(书中注释均为编者注)

只是买来各种制成品拼装起来了事。其实，孩子们对年菜这种东西并无兴趣。到头来，她始终没订过如此华丽的年菜套盒。麻耶麻利地收拾起传单，沏上滚热的焙茶，在电视机前坐定，看起了先前录好的电视剧。

儿子大知一上大学就搬出去了，很少回家。女儿理名升入高中后，大概是青春期叛逆吧，几乎不怎么跟麻耶说话，总是窝在房间里不出来。丈夫武史因为原单位经营不善，五年前跳了槽，现在被公司外派到上海工作。对于即将到来的节日，大知已声明：因为要打工，所以不管是新年还是成人礼，他都不会回家。理名呢，说新年期间要跟朋友们一起去滑雪旅行。丈夫倒是能回来，但也只是两个人的跨年迎新，就算订了年菜也不可能吃得完。

圣诞节一过，就连麻耶居住的这种小镇都沦陷在年末的忙碌之中。下班后，麻耶在街上一边买菜，一边恍恍惚惚地想：不应该是这样的呀。当初结婚时想象中的一家人，不是这样四分五裂的呀。

刚才在回来的电车上，麻耶的视线不经意地扫过车内广告，发现了"小巧的手制年菜"的字样。那几个字及其下面精美的菜品配图似乎在朝她微笑，她不由得看得出了神。

顺路拐进街边的书店，麻耶买了本在广告上看到的那份杂志。对话寥寥的晚餐一结束，理名就径直回了自己的房间。

麻耶清理过碗碟，泡好茶，坐在餐桌前翻开杂志。里面介绍了一人份和两人份的手制年菜，菜谱看上去难度不大。不知不觉间，她低落的情绪有了一丝缓和。理名终有一天也会离开这个家。在不远的将来，大知和理名都会各自组建自己的家庭。自己不必为此感到寂寞。以后，跟丈夫一起庆祝两个人的新年，不也挺好嘛。把两人份的年菜做熟练了也不赖嘛。并非逞强，麻耶真的是这样想，在这间安静的餐厅里。

浜野麻耶突然醒来，她听到楼下传来一阵响动。凝视着眼前的黑暗，她仔细倾听。是餐具磕碰的声音，还有什么硬东西掉在地板上的声音。新年回来度假的丈夫武史，三天前就回上海去了。怎么回事？她的心怦怦直跳，起身出了卧室，蹑手蹑脚地走下楼梯。餐厅的灯黑着，但里面的厨房却是亮的。她探头一看："哎哟，是你呀！在干吗呢？"心里一松，她的声音也跟着放大了。身穿家居服的理名吓得跳了起来，手里的东西掉在地上——一袋方便面。

"别吓我啊。"理名板着脸拾起方便面，放回了食品储藏柜。

"你饿啦？"麻耶问。这几天的晚餐理名几乎全剩下，理由是新年假期长胖了。这么着能不饿嘛——溜到嘴边的话，又被麻耶咽了回去："给你做点什么吧？"

"饿得睡不着了都，可大半夜的吃东西，准得胖吧。"理名带着罕有的坦诚说道。

"来,我给你煮点吃不胖的面吧。"麻耶说着,在锅里烧起水来。

麻耶的改良版越南粉是用粉丝煮的,加了鸡柳和足量的蔬菜。忙了一通,她自己也感觉饿了,索性跟女儿对坐在餐桌前一起吃。

"比我想象的好吃。"理名说。

"那是啊,我就是往好吃里煮的嘛。"麻耶忆起往事,儿子大知在备考阶段,她经常煮夜宵给他吃。理名那时读初中,有时听到动静也会爬起来,三个人一起吃拉面。

"以前也吃过呢,拉面什么的。"理名好像也记起了那段往事,笑了,"那时候压根儿没想过胖不胖,真是无敌了我。"

"妈妈和理名差不多大的时候,流行吃水煮蛋减肥。我吃过好一阵子水煮蛋呢。"麻耶陷入另一段回忆。是的,上高中那段时期,自己也成天冷着张面孔,跟父亲没话说,跟母亲老顶嘴,一心就是想瘦。自己和理名还真像呢。

"吃水煮蛋能减肥?"理名的表情很认真。

"但是,只能吃水煮蛋哟!反正我是没坚持下来。"

"真的假的?"理名皱着眉头咕哝了一句,喝光了碗里的汤,起身离席,"我吃好了。"她在水槽里洗了碗,转身向洗手间走去。"晚安。"麻耶在她身后说。没有回应。

忽然，麻耶似有所悟：不是什么四分五裂，只是一种变化罢了。从夫妻二人，变成四口之家，我们也曾一起围坐在餐桌旁，如今各自朝着不同的方向，踏上属于自己的路……但偶尔，我们仍会像这样在餐桌前相聚。家人是会变的。不，即便会变，也依然是一家人。"晚安。"从洗手间出来的理名淡淡地撂下一句，上楼去了。

二十岁的新年

浜野大知没打算出席成人礼,也就没回家过年。他在一间咖啡馆打工,除夕和元月二号开始都有排班。除夕那天,大知收工后就去台场跟几个大学好友会合,五个人在一处狭小的沙滩上烧烤,看新年日出。十二月刚刚过了二十岁生日的大知,虽然不觉得啤酒和清酒有多好喝,但在这样的时刻,他还是庆幸自己终于到了可以饮酒的法定年龄。在酒精的作用下,深夜烧烤不仅感觉不到冷,气氛还相当热烈。五个人里有两个是女生,有酒壮胆,大知跟他暗怀好感的真边佐保说起话来,也轻松了许多。

平时过着除了学习就是打工的单调日子,能在跨年的时候,参与一个颇具二十岁风格的聚会活动,大知别提有多开心了。可到了第二天,他却感觉浑身乏力,阵阵发冷。大知挣扎着去了打工的店里,情况却越来越糟糕,听人说自己"脸很红"，他赶紧去更衣室测了一下体温，超过三十八摄氏度。大知立刻被打发回家，在一居室的出租屋里，他钻进那床万年不叠的铺盖中沉沉睡去。

大知做了很多梦。每段梦里，他都是个年纪尚幼的小孩子。他梦见自己跟父母和婴儿时期的妹妹去赶海，发现了一只黄金海螺，东掖西藏地想带回家。他还梦见全家去游湖，跳进湖水里的母亲半人半鱼的身体使他惊骇不已：妈妈原来是条美人鱼？接着他又梦见一群家长在学校参加公开课，父亲身穿母亲的和服混在其中，画面过于惊悚，吓得他不敢回头，尿了裤子。做了一连串这样的梦，到后半夜他终于醒了。身上那套当作睡衣来穿的运动衣裤已经被汗水浸透，他的心中却莫名其妙地感到释然——难怪净做些跟水有关的梦。

换上新的T恤、帽衫和运动裤，一阵强烈的饥饿感袭来。大知走进窄小的厨房，伸手去拿泡面，忽然想起冰箱的冷冻室里还有腌好的食材，应该比泡面更能补充体力。解冻，用微波炉加热，因为现煮米饭太麻烦，他热了一份方便米饭。

趁便宜的时候采购肉和鱼，用调味料腌上保存起来，是大知从母亲麻耶那里学到的方法。那还是在他刚开始独立生活的时候。母亲说这样味道进得去，烧起来也简单，比便利店里卖的盒饭要好得多。确实简单，所以大知偶尔会做一些塞进冷冻室。

新年的深夜阒寂无声，吃着自制的姜汁肉片盖浇饭，大知想到了家人。他想，虽然自己没回家，但父亲回国了，理名也在，浜野家的新年一定很热闹。是的，他情愿这么想。因为他最怕父亲没回来，理名也跟朋友出去玩了，家里只剩下母亲孤零零一个人。母亲发来的LINE[1]信息，他向来是读过就算了，也不回复。等天亮了，发条LINE拜个年吧。想到这里，大知扒拉了几口米饭。烧好像已经退了，他感到身体轻快了许多。

到了二月，大学就要进入漫长的春假了。在最后一个授课日，五人组原班人马又相约聚餐。他们是在大学的行销企划研讨班里熟识并亲近起来的好朋友。在学校附近的廉价小酒馆吃饱喝足之后，有人提议去唱卡拉OK，不擅K歌的大知以明天要早起为由推辞了。当真边佐保也说要回家的时候，大知着实吃了一惊，但他不动声色，向打算去K歌的三个人挥了挥手道："回见咯，春假里要是有时间咱们再接着喝。"然后，他和佐保并肩向车站走去。"看大家都把春假安排得那么充实，我都有点着急了。只有我，除了打工就是打工。"大知说。几个朋友中，有去长野参加驾校集训的，有去实习的，佐保则要去加拿大短期留学。

---

1 一款手机通信软件。

"中田也要去打工呢！"佐保说。

"可那属于度假打工吧。石垣岛，那种地方我去都没去过。佐保也很厉害，去留学。"

"但只有短短三周而已。哎，对了，出发前我想看场电影，要不要一起去？我有部想看的片子。"听到佐保这么说，大知惊讶得简直要跳起来。

"啊，行啊！反正我除了打工有的是时间。你想看什么片子？"佐保说出的片名大知没听过，但他依然积极附和，"好啊，我正好也想看呢！"

"真的？太好啦！因为这片子挺难约到一起看的人的。那具体日期咱们LINE上定吧。"

在车站告别了佐保，乘上地铁之后，大知不由得握了握拳。佐保二月末动身去加拿大，所以看电影大概会约在二月中旬吧。这么一算，不正好赶上那什么节吗？没准儿，自己还能收到佐保的礼物呢！巧克力！

站在车厢里，大知掏出手机，立即搜索刚才佐保提到的电影名字。"不会吧？"他不由得嘟囔了一声。那是一部相当怪异的恐怖片。虽然片子不是自己喜欢的类型，但既然已经说了想看，他当然不能反悔。

沿着台阶从地下来到地面，大知穿过商业街朝公寓走去。天气很冷，鼻尖冻得生疼，但下个月大概会暖和许多吧。然而，这下个月却让人感觉遥遥无期。不管是天气转暖、樱花盛开的情景，还是升入大三，开始为了求职而奔忙的自己，他都完全无法想象。如同想象不出佐保即将奔赴的温哥华一般，一切都显得那么遥不可及。或许，等年龄再大一些，就会像父母说的那样，一年不过就是一眨眼的事了。

去年年末、今年年初都没回家，要不，趁着放春假[1]回去一趟吧。看着几十米开外的便利店的灯光，大知突然想到。仅仅是想到，家里那股甜辣调味汁般的气味、电视的音响、理名和母亲的笑声，都一股脑儿地在他心中复活了，大知有点想哭。

---

[1] 日本学校的学年一般于四月开始，三月结束，两学年之间的假期即为春假。

我们的便当

"妈妈再也不做便当了。"

浜野理名的母亲麻耶宣布这项决定的时候,刚刚过完节分[1]。

父亲孤身一人在上海工作,哥哥大知在升入大学的同时就搬了出去,理名和母亲两口人的生活马上就要进入第三年了。对一面全职工作还要一面料理家务的母亲,理名心存感激,也有意帮忙,但是感谢的话怎么也说不出口,实际上也没帮上什么忙。因为,我自己也很忙啊,理名在心中为自己辩解道。不学习不行,不跟朋友交往也不行,心里有了喜欢的人还要烦恼怎样才能让对方也喜欢自己,同时还要考虑升学,考虑未来的出路。而且,最近真是懒得跟妈妈说话,她动不动就挑毛病。

---

[1] 指立春、立夏、立秋、立冬的前一天,尤指立春前一天。

"妈妈努力过头了，太惯着理名了。再这样下去，理名就会变成一个什么都不会做的废物。如今这个时代啊，无论男女，什么都不会做就不会有人喜欢。"母亲在吃晚饭的时候说，"所以，从明天开始，妈妈不再做便当了。你可以自己做，也可以自己买。"

母亲说完这番话，就撤下了自己刚用过的餐具，但她没洗，而是坐到电视机前的沙发上看起了最近一直在追的韩剧。理名悻悻地吃完饭，收拾了碗碟，跟母亲的一起，洗好之后放进沥水篮里。

说是那么说，但应该能准备一些简单的食物吧？第二天早上起床，理名心存侥幸地下了楼，诧异地发现，妈妈已经不在家了。没有便当，打开冰箱也没找到做好的菜，冰箱冷冻室里连用来做便当的冷冻食品都没有。

"不会吧？"理名不由自主地嘟囔了一句。一看时间，她又嘟囔着"不会吧？"，火速换上校服，整理发型，她欲哭无泪地压平自己睡翘了的头发，把笔记本和教科书塞进书包，确认过燃气总阀是否关好之后，冲出了家门。

理名吃着从便利店买来的三明治，偷瞄萌衣和玲佳的便当。

"真不错呀，我家可倒好，老妈发起了便当罢工，说从今天开始再也不做便当了。"

"哎哟,我呀,上高中以后一直都是自己做便当呢。"萌衣说。

"不会吧?"理名和玲佳异口同声地说。理名再次将目光集中在萌衣的便当上。西蓝花芝士沙拉、小番茄、银鱼煎蛋卷、维也纳香肠和肉圆。"只有这个是冷冻食品。"萌衣用筷子指了指肉圆说。"这个时代啊……什么都不会做就不会有人喜欢。"母亲的声音仿佛又在理名的耳边响起。

"好吧,看来我得努力了!"理名说。

"那我也试试看。"玲佳也骤然冒出一句。

做便当虽然麻烦,但理名的午休时光一下子变得快乐起来。理名、玲佳和萌衣这三个总是一起吃便当的小伙伴,开始互相展示自己的厨艺。

萌衣积累了将近一年的制作经验,到底不同凡响,带来的便当无论是在色彩还是在营养上都堪称典范。跟理名同时开始做便当的玲佳则喜欢标新立异,把汤和米饭放进焖烧杯里的"烩饭便当",以及米饭上只摆着可乐饼和酱萝卜的"可乐饼盖浇饭"都出自她之手。这些便当完全不在乎色彩搭配和营养均衡,却胜在新奇大胆,让理名深感佩服。

受到二人的启发,理名各取所长,用冷冻烧卖做的中华便当很注重色彩搭配;用前一天剩下的肉圆、野泽菜和炒蛋裹成的包饭巨大无比。三个人每天都围坐在桌边，喊着"一，二，三"，同时打开自己的便当。在欢呼和赞叹之余，她们一边吃着自制的便当，一边共同研究新点子："纳豆盖浇饭就算了。""是啊，味道太冲了！""做成纳豆煎蛋饼不就好了？"如此这般。午休时间明显比以前过得开心。

晚饭后，母亲注意到理名正在把剩下的咖喱分装进小锅里，忍不住问道："怎么？要拿它当早饭？"

"装在焖烧杯里做成咖喱便当。"理名答道。

"嘿，这倒是新鲜。"妈妈睁圆了眼睛。

"我的好朋友玲佳，平时文文静静的，却总是带一些奇奇怪怪的便当。今天带的居然是蘸汤面呢。把面汤放在焖烧杯里，用饭盒装面条、葱花和叉烧肉。"

"欸，这样也行？要放在妈妈那个年代啊，就算不被霸凌，也肯定会被人嘲笑呢。"

"如今这个时代啊，没有什么不行的！"理名模仿着母亲的语句说道，"下次可以做给老妈吃哟。我的巨无霸包饭，很壮观呢，得到了玲佳和萌衣的一致夸奖。"

"嗯……好，谢谢。"母亲应了一声，又朝电视机前走去。

理名一想到兼顾着工作和家庭，跟丈夫两地分居，似乎唯一的乐趣就是看韩剧的母亲也有过和自己一样的高中时代，就感到不可思议。忽然，她意识到自己总有一天也会像母亲一样老去。她坚信，随着年龄的增长，三个好朋友叽叽喳喳一起吃便当的今日时光终会变成一段令人泫然欲泣、怀念不已的过往。既然如此，就势必要做出让她、玲佳和萌衣都终生难忘的便当，理名的心底燃起了一股奇妙的斗志。"哎呀——真是越来越忙了。"理名嘴里嘟囔着，开始洗涮晚饭后的餐具。

爸爸饭、妈妈饭

パパ飯
ママ飯

爸爸饭、妈妈饭

　　四月底，东京第三次宣布进入新冠紧急状态。趁此机会，泰田瞳美向丈夫纪行提出了家庭内分居的方案。瞳美虽然并未考虑到离婚，却从心底对纪行感到不满。

　　去年冬末，所有的学校都停了课，到了春天，政府第一次宣布进入紧急状态，瞳美和纪行都开始了居家办公。瞳美在和室格局的客房工作，初中生结麻在自己的房间上网课，下课后一般会在客厅或餐厅里翻翻参考书、打打游戏什么的。问题出在纪行。

　　纪行是一名游戏编剧，但不是自由职业者，而是游戏制作公司的员工。在新冠疫情大流行之前，瞳美出门上班时他还在睡觉，下班的时间也不固定：有时比瞳美回来得早，有时半夜才回来，有时甚至整晚都不回来。这样的生活成为常态，瞳美和女儿结麻也都习惯了。

然而自从变成远程办公，纪行开始一直待在家里以后，瞳美才愕然发现他的生活作息到底有多么不规律。他有时睡到中午，有时天还没亮就起床，有时开线上会议一直到黎明，有时写着写着就睡着了。他的活动场所也飘忽不定。客厅、餐厅、卧房、步入式衣柜、书房，所有空着的地方都能被他用来开会、打电话、写作、阅读资料。纪行在工作时说话声音很大，晚上瞳美经常会被吵醒。

瞳美觉得，日常生活发生了巨变，大家都面临着同样的困难，所以一开始并未多想。她继续在和室工作，同时负责煮早、午、晚三餐，洗、收、叠各种衣物，周六和周日还要打扫卫生。如果要结麻帮忙，结麻倒是什么都肯做，但纪行却把他的时间全部用在自己的工作上。让他做点事，他嘴上会答应"好的"，但只要灵感一来，他马上又猫在房间里魔怔似的写着什么。

因为他从事的是创作型的工作，所以这也是没办法的事。瞳美这样安慰着自己，工作家务两头忙，努力坚持了一年的时间。四月，结麻升入了高中。紧接着，在政府第三次宣布进入紧急状态时，瞳美终于爆发了。

"工作和起居仅限于书房范围内。自己的饭自己做，自己的衣服自己洗。浴室和厕所的清洁由纪行负责。不得和我同时使用厨房。严禁使用我买的食材。不许在我和结麻吃饭的时候看电视。"就如上规定，瞳美不仅做了口头说明，而且写成了备忘录交给了纪行。纪行蔫头耷脑地表示他知道了，还跟了一句，道："以前真是对不起。"

瞳美早上六点起床，做两人份的早餐和结麻的便当，中午十二点烧一个简单的菜，下午五点多结束工作出门买菜，晚上七点吃晚饭。自结婚以来，瞳美第一次意识到每次都按照固定的时间做饭有多么轻松。

家庭内分居对瞳美来说实在是一种从容而又舒适的生活方式。她可以根据自己的情况来安排时间，不再感到烦躁。就拿做饭来说吧，无须再操心对方吃不吃早餐，晚餐几点吃或者要不要吃。有时甚至整天都不跟纪行打照面，她也不会觉得寂寞。让她感到意外的，倒是结麻。

结麻开始自己做便当，有时连瞳美的早餐也会一道做出来。本来，每天晚上都是瞳美做饭，母女两个一起吃，但自从黄金周[1]开始，情况就出现了变化，结麻有时会提前声明："今晚不用做我的饭哟！"她说："因为今天我要吃'爸爸饭'。"

生活作息毫无规律的纪行，因为不能在瞳美做饭的时候使用厨房，所以总是在傍晚或接近深夜时自己煮饭吃。每当结麻

---

[1] 指5月1日前后，因日本几个节日均集中在这几天，日本国民可以休假一周左右。

提出要吃"爸爸饭"时，也许是考虑到太晚了对女儿也不好，所以他会在晚上十点之前开饭。瞳美泡过澡，在盥洗室涂护肤品的时候，总能听到父女二人愉快的交谈声。

她好奇他们吃了什么，曾在去厨房时顺便看了几次餐桌上的内容。每次都是荤菜：牛肉、猪肉、鸡肉，跟卷心菜或豆芽等极少量的蔬菜一起炒出来。调料大概是市售的类似烤肉酱那样的成品。没有沙拉，没有小菜，也没有味噌汤，只有一道肉菜和盛在大碗里的米饭。

"总吃'爸爸饭'，会营养不均衡的。"早餐桌上，瞳美终于发出了警告。

"可是，我觉得很好吃啊。感觉一下子长了好多力气。"结麻笑嘻嘻地说。

"力气倒是有了，可免疫力会下降的。"瞳美说完以后，又怀疑自己是不是在嫉妒。看到结麻喜欢吃纪行做的那种粗糙的食物更胜于自己精心准备的饭菜，自己心里或许有些不服气吧。考虑到饮食健康，自己烧的菜更偏向于口味清淡，且鱼多肉少。

"有'妈妈饭'和'爸爸饭'可以选，我觉得自己真是好运气。两种都吃才叫均衡呢。"

听结麻这么一说，瞳美心中忽然一动，明白了过来。这个孩子在用她自己的方式照顾着父母的情绪。她大概觉得，如果总是和妈妈一起吃饭，爸爸就太可怜了。在分开生活的父母之间，她正在试图取得某种平衡。

"结麻，真是对不起。不过，我和你爸爸并不是关系不好呢。"瞳美忍不住说道。"我明白，"结麻有些不耐烦地回应她，"是一种教育性措施吧？就像人家常说的那种，学会放手才是真爱什么的。"她把吃完的碗碟摞在一起，起身搬到水槽，说了句"抱歉，洗碗就拜托咯！"，便匆匆忙忙地开始了上学前的准备。

新式家人

　　新家所在的公寓坐落于一个占地广阔的公园旁边。时间已过七点，结束了工作回到家中的瞳美解冻了米饭，把买来的照烧鸡肉、常备的羊栖菜和素卤味铺在饭上，将罐装啤酒斟入杯中，合掌说了句"我开动了"之后，瞳美眺望着沉浸在夜色里的公园，吃起一个人的晚餐来。

　　趁着女儿结麻升入关西的大学而离家的机会，瞳美和丈夫泰田纪行办理了离婚手续，恢复本名森本瞳美，搬进了建在公园旁的一室一厅的公寓房里。那是在黄金周之前的事情。纪行则搬到了他工作的制作公司附近。

　　瞳美提议实行家庭内分居是在三年前，结麻刚上高中那年，当时正值新冠疫情蔓延期间。即使现在回想起疫情下那些非同寻常的日子，她也总感觉不可思议。

　　家庭内分居对瞳美来说真的很舒适，实行得相当顺利。纪行自己的衣服自己洗，同时负责打扫浴室和卫生间，自己的饭自己做，偶尔还会带上结麻的份儿。这种生活持续了大约一年，疫情也慢慢迎来尾声，他们恢复了日常生活。纪行开始像从前一样上班下班，暑假时全家也一起出去旅行。然而奇怪的是，纪行和瞳美却再也回不到从前了。可能是因为自己照顾自己、吃饭睡觉都分开的生活节奏形成以后，彼此都感觉很惬意，从而欲罢不能。

两个人并未交恶。只是较之夫妻，他们更像室友，二人独处时开始变得无话可说。随着结麻升入高三，瞳美突然感到害怕。她怕结麻一走，自己将不知该如何跟纪行生活在同一个屋檐下。她甚至请求结麻选个离家近的大学上。但结麻想进的学科只有关西的大学才有，她当然不会只为了让父母的生活顺利地维持下去而留在家里。

当结麻开始为备考参加暑期辅导班时，瞳美终于向纪行摊了牌："接下来该怎么办？是继续维持同住分居的婚姻，还是……"她觉得"离婚"一词未免夸张，所以回避使用。而纪行最后提出"试着各走各的路"时，也没有用到离婚的字眼。

关于结麻将来的学费和生活费，以及房产的处理，瞳美和纪行一直在私底下继续沟通。两人从头到尾都没有争吵，没有撕破脸，事情的发展惊人地顺利。

从开始独自生活以来，瞳美不再在煮饭和做清洁上耗费心力了。现在，盖饭变成了她的心头好。只需将买来的熟菜和家里的常备菜盖在米饭或面条上，下班回家后马上就能开饭。这是在和家人一起生活时，她想都没有想过的吃法。想必纪行也依然保持着他一道荤菜配米饭的简单的饮食习惯吧。

瞳美清理好一人份的餐具，将租来的DVD插入碟机，充满期待地按下了播放按钮。

纪行所住的公寓距离地铁站大约有七分钟的路程。瞳美虽然知道不该东张西望，但还是感到新奇地环视起整个房间来。与瞳美的公寓相比，纪行的房子有些旧，却胜在宽敞。客厅里摆了一张茶几，大屏幕的电视机前放着一张工作用的案台，书籍、杂志和游戏机堆成了小山。两个房间中，开着门的那间是书房，关着门的应该就是卧室了。虽然瞳美很想看看卧室的样子，但随便开门毕竟不太礼貌，于是，她把注意力转向了厨房。

从气味来分辨，纪行认认真真正在煮的，应该是咖喱。

此前，瞳美发现自己的行李里夹杂着一些纪行的物品——旧的游戏盘、初中毕业纪念册、名片夹和领带——便在LINE上问纪行："怎么处置？物归原主？就地处理？"于是纪行向她发出了邀请："来我家吃顿饭吧。"就这样，在一个周日的午后，瞳美坐在了前夫杂乱的房间里。

他们在茶几旁面对面坐下，吃起了咖喱。纪行果然只做了咖喱这一道菜。没有沙拉，也没有配菜。但是——

"没想到这么好吃！"瞳美真诚地发表了感想。咖喱辣得够劲，尽管开着空调，她还是吃出了汗。

"是吧？听说使用两种不同的咖喱料味道会好，我今天一下子用了四种。"纪行不无得意地说道。

"房间里收拾得挺整洁的，也很让人意外呢。"

"因为没什么东西嘛。"

瞳美突然想起在纪行家里喝酒的往事。那时他们还没结婚，通常是纪行去瞳美的住处，但也有几次，他们约会回来后就在纪行家里过夜。两个人喝着罐装的啤酒和鸡尾酒，就着便利店买来的鳕鱼芝士和牛肉罐头。虽然瞳美不记得当时他们都聊了些什么，却记得他们经常笑到打滚儿。到底是什么让他们那么开心呢？

"我来洗碗吧，作为感谢。"吃完了只此一道的咖喱饭，瞳美把空盘子归拢在一起端到水槽，刷洗了起来。

"疫情到底算怎么回事呢？"纪行凝望着正在刷洗盘子的瞳美的手，低声咕哝道。

"真的，到底算怎么回事呢？"说完之后，瞳美又想，肯定还有很多像他们一样稀里糊涂地离了婚的夫妻，也有很多稀里糊涂地结了婚的男女。也算是各安天命吧。

站在通往阳台的玻璃门前,瞳美朝窗外望去,纪行泡好了饭后的咖啡,端着马克杯站在她身旁。

"在那栋大厦的另一边,能看到东京塔,虽然只是一点点。"

瞳美凝目望去,确实能看见红色的尖塔。"真的呢!"她兴奋地喊叫出声。

"下次来你这儿喝酒。"她开玩笑般说道。

"也请我去你家坐坐嘛。"看着纪行格外认真的表情,瞳美忍不住笑了。

成立新组合

瞳美在接待处填好名字，递上红包，听说"准备室有请"时，差点儿脱口而出："真的可以吗？""真的可以吗"这话听上去也很奇怪，于是，瞳美只是躬身行礼，在酒店工作人员的引领下向里面走去。

门开了，走进房间，瞳美顿觉满室生辉。伴随着一声"妈妈"迎上前来的女儿，在她看来恰似那个明艳的光源。雪白的露肩礼服、被雪白的鲜花点缀着的秀发，显得女儿那么清丽动人，瞳美不禁看呆了。

"感谢您远道而来。"新郎身穿灰色带光泽的晚礼服，站在结麻身旁。

"恭喜你们。"瞳美深深地低下头去。

亲戚们进进出出，一拨接一拨地前来道贺，就在大家匆忙交谈之时，酒店工作人员请他们前往典礼会场。大家跟在她后面鱼贯而行。瞳美刚入席，就见泰田纪行满头大汗地赶来，坐在了她旁边的座位上。

"梅雨间晴赶得巧。"

"不早不晚赶得巧。"两人同时开口，又同时笑了。

"不过话说回来，真是太早了啊。"纪行感慨道。瞳美也有同感。在关西读了大学的结麻毕业后留在关西工作，有个学生时代起就交往的男朋友，这才二十六岁，两人就要结婚了。大约半年前，当结麻把滨野林太郎介绍给母亲，表明结婚的打算时，连瞳美也忍不住说了句"太早了"。说完她有些后悔。结麻上高中时，全球新冠疫情大暴发，父母先是分居不分家，后来随着她升入大学，最终正式分道扬镳。或许她曾经感到孤独，所以急着要创建自己的小家庭吧。

年轻的宾客陆续入席，顿时将典礼会场装点得华美缤纷。灯光熄灭后，场内奏响庄严的乐曲，远处的门开了，新郎新娘挽着手臂隆重登场，掌声响起。如今，父亲陪新娘一起入场，再把新娘交给新郎的做法似乎已经过时了。

"这孩子，真漂亮啊。"不是父母偏心，今天的结麻确实太美了，瞳美看着高坐在新人席上的女儿，轻声说道。因为没听见身边有反应，她便转头看了一眼，发现纪行正用餐巾捂着脸，默默饮泣。

"哭得也太早了吧。"瞳美惊讶道，但话音未落，就觉得自己的鼻子也有些发酸，她赶紧抬头看向天花板。"结婚典礼会邀请我参加吗？"结麻带林太郎来见她的时候她曾问过。"那是当然啦，"结麻笑着说，"会跟爸爸分在一桌，可不要吵架呀！"二十六岁的女儿笑语盈盈，和当年那个说"有'妈妈饭'和'爸爸饭'可以选，我觉得自己真是好运气"的高中女孩身影交叠，当时，瞳美也差点儿落下泪来。

典礼结束后，大家移步至庭园拍纪念照。新郎新娘先是被朋友们簇拥着留影，随后又集合双方父母拍全家福。六个人合过影后，结麻对摄影师说："请给我们三个人也合拍一张，好吗？"

"来呀，咱们仨一起。"

瞳美和纪行很配合地将结麻拥在中间合影留念。接着，两位新人走到一边，选换不同的背景，这儿拍拍，那儿拍拍。

离婚后，瞳美和纪行偶尔会一起吃饭，也会搭伴来关西看女儿，顺便住一宿。他们就像老同学一般相处融洽，却不会发展成恋爱关系。瞳美觉得自己这辈子都不会再跟谁谈恋爱了，但纪行会怎样她不清楚，已经有了女朋友也说不定。互不干涉对方的私生活是他们之间的默契。

"当天往返？还是住一晚？"离开婚礼会场时，纪行问瞳美，脸上还带着哭过的痕迹。

"我在这家酒店订了房。"

"那晚上一起吃饭吧,我也是要住一晚的。"

酒店的喜宴虽未消化,但晚上七点,瞳美还是如约来到纪行定好的餐厅。这是一家居酒屋风格的家常小馆,海鳗火锅似乎很有名。他们在和式座席上面对面坐下,举起了手中的啤酒杯。与此同时,结麻他们大概正在和学生时代的朋友欢聚畅饮,掀起第二次高潮。瞳美一边吃着小菜一边聊:"那天我对结麻说,希望他们结为夫妻后,即使再来一次疫情那样的突发事件,也能不离不弃。"这话是她第一次见到林太郎那天说的。

"我也说了类似的话啊。"纪行道。

"那么,她的回答大概也一样吧。"

"'我想营造的夫妻关系,是那种就算发生了疫情级别的意外事件,最后导致分手,也能把对方当作家人的。'"结麻的回答被纪行一字一句地复述了出来。

"'就像我们家一样。'对,结麻还加了这么一句。"瞳美喃喃低语,一直忍到现在的泪水终于夺眶而出,"这孩子太懂事了,怎么这么体贴。"也许她是为了照顾父母的心情才这样说,但瞳美听到时,第一次觉得没必要再去考虑家庭应该是什么样子,也没必要因为离婚而对结麻感到抱歉。她想:我们只需要互相认同、互相关心,过适合自己的生活就好。

"这下子,咱们仨全不是一个姓了。"瞳美一边用手帕擦去眼泪，一边感慨。

"那这样吧，用每个姓的第一个字成立一个新组合，'滨泰森'，怎么样？或者'泰森滨'？"

"如果允许夫妻异姓，会出现很多不同的组合呢，而且组合名字也会变得很长。"

"来，庆祝新组合的成立。"纪行说着，举起手中的扎啤，与瞳美碰了碰杯。瞳美忽然遥遥忆起将近三十年前他们自己的那场婚礼。她真切地感到，正因为有那天，如今她才能在这里。

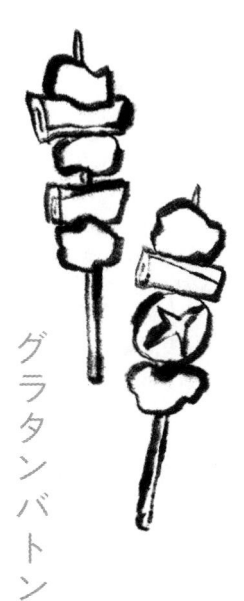

焗烤接力棒

グラタンバトン

焗烤接力棒

去年入职出版社的女儿希子，最近好像一直吃得很高级。佳苗起初听说她有时深夜才回家，工作起来也没有节假日的概念，作为母亲，她先是担心女儿搞坏了身体，而现在，她对女儿的饮食生活也不放心起来。昨天吃法国菜，今天吃寿司，明天又去吃意大利菜……这样下去，肯定会导致蔬菜摄取不够，而热量又摄入过多。

自打有了工作，希子就在东京市内开始了独立生活。佳苗对女儿很是牵挂，担心这个担心那个，但她也意识到，在自己的各种担忧之中，还掺杂着一丝微弱的，说不上是羡慕还是嫉妒，抑或是焦躁的情绪。

究其起因，就要从今年的新年说起。那天，一家三口久别重聚，从中午就开始推杯换盏，就着佳苗做的年菜，边喝边聊。希子培训结束后被分配到漫画编辑部，目前正跟社里的资深编辑一起与漫画家打交道。她讲起工作社交上的琐事，比如说，某天她本来想吃烤鸡肉串，但因为是宴请，所以不得不去高级餐厅或有名气的餐馆，吃到最后，大家还把吃不完的东西全堆到她的盘子里，说年轻人胃口好，应该吃得下……讲到这里，父亲悟在旁边插话道："那可真够受的，你可不要勉强啊。"

"我在女生里面好像算得上'大胃王'，没问题的。"希子笑了。

"小心点，别被人灌太多酒啊！"佳苗也跟了一句。

希子回道："如今早就不是妈妈那个年代啦，不会在酒席上强迫别人一口闷的，所以，这方面也没问题。"话说到这里时，一切都很正常。"不过说真的，"希子接着又道，"白子[1]那东西，好吃的是真好吃啊。"

"这话什么意思？"父亲笑问，希子随即提到了连佳苗也听说过的一家高级寿司店的名字。

"那儿的烤白子真是绝了，蘸点盐吃，香得我啊，差点儿昏过去。欸，我一直以为，白子嘛，就是扑通一下丢进锅里，煮煮就得了的玩意儿。"说者无心，佳苗听了却心头火起。

"是我不好咯，"她条件反射般说道，"只会扑通一下丢进

1　鱼的精巢，色白。

锅里煮，还真是对不住呢。"

"我没那个意思呀。哦，不过这种情况也是有的吧？比方说土豆烧肉吧，有人认为要用猪肉，有人却认为要用牛肉。这不就是因为各自家里的做法不同吗？"希子不带恶意地继续说着。什么"一直以为牛排太瘦了口感会发硬，其实并非如此"啦；什么"有的店吃寿喜烧提供的蘸料是打发的鸡蛋清"啦……爱好美食的悟饶有兴味地听着。佳苗本来也喜欢这类话题，但是，她的气还没消呢。

听上去就像自己没给她吃过什么像样的东西似的，虽然跟一流餐厅相比，自己用的食材比较便宜，自己也不是专业厨师，但是，在有全职工作的情况下还坚持自己做饭，尽量不买现成的，自己已经很努力了呀。二十多年如一日呢……她心里想着这些，但没有说出口。她知道希子不是故意冒犯，她也知道自己有些被害妄想，也有些妒忌。毕竟，在跟希子同样的二十三岁年纪时，供职于时装企业的佳苗偶尔跟朋友一起去意大利连锁餐厅吃顿饭就是唯一的奢侈了。

新年假期一结束，希子就回自己位于市中心的公寓去了。佳苗常给她发 LINE 信息，却总是到了晚上至深夜才会显示信息已读，很少收到回复。已读就说明她一切正常，佳苗已经习惯这样安慰自己了。

"白汁焗通心粉怎么做？"一个工作日的上午，她难得地收到了希子发来的一条 LINE 信息。

佳苗停下了手中的吸尘器。"我焗的通心粉黏黏腻腻，伺候不了吃惯了高级焗烤的人。"她回了信息，又附了一个熊猫吐舌头的表情。

"我就是想吃那种黏黏腻腻的焗烤嘛——"信息后面跟着个躺在地上耍赖皮的小熊表情。

佳苗突然想起了什么，拿着手机下了楼，从厨房的柜子里找出一本菜谱，其中有好几页折了角，内容分别是炸牡蛎、番茄肉酱、治部炖菜[1]、焗烤。

这是三年前过世、享年七十五岁的母亲用过的，二十世纪八十年代出版的一本菜谱集。佳苗上大学开始独立生活的时候，母亲把它送给了佳苗："你拿去吧，我不用看书也能做菜了。"二是因为佳苗几乎没怎么用过这本菜谱集。一是因为她经常在外面吃饭，另外，自己做饭的话，她更想做一些既简单又好看还新颖的菜。比如像绿咖喱、西班牙蒜油海鲜、塔布勒沙拉之类。对于因担心她的饮食而经常来电询问的母亲，她或许说过一些不客气的话，嫌弃那本书上的菜都太过时了什么的。母亲或许也曾因此而生气。

---

1 日本石川县的特色料理，将鸡肉或鸭肉切块，裹粉，加入面筋、蔬菜炖煮而成。

佳苗真正开始翻看母亲的这本菜谱集是在结婚之后。那时她才意识到，那些新奇菜肴她只是想做，而真正想吃的却是其他的菜。书中有几道菜式特别能让她怀念起母亲的味道，她都折了角，反复翻看。想到这些往事，她不由得嘴角含笑。

将书摊开在餐桌上，佳苗正准备将菜谱输入手机里，突然想到可以发图片，便拍了几张照片发了过去。

"黏腻版焗烤来了！"信息刚发出去，她就收到了回复："黏腻版焗烤，哈哈哈！"希子今天休息吗？现在正准备去买菜吗？佳苗回到二楼，继续做清洁。敞开的窗外晴空辽阔。

晚上，LINE软件响了。点开一看，是希子发来的照片，焗烤通心粉，铺在上面的芝士几乎要从盘子里溢出来。她伸出手机，将屏幕朝向餐桌对面正在小酌的悟："喏，希子大厨的黏腻版焗通心粉。"

"嚯，不错嘛。"悟一本正经地点评道。

尽管卖相不怎么样，但佳苗说："味道确实应该不错。"要知道，这可是祖传三代的经典美味呢，她在心里默默地补充道。

她的便当

进入四月,女儿希子终于独当一面,不仅开始为新晋漫画家担任编辑工作,之前随资深编辑共同对接的大师级漫画家,也会逐渐由她负责。希子哭哭啼啼地闹着要穿裙子不要穿黑裤子,分明像是几天前才发生过的事情。听到这些近况,母亲佳苗才突然感觉,女儿已然成长为一个远比自己优秀的大人了。在希子上大学、过成人礼、入职出版社等每一个人生节点,佳苗都曾认为自己可以从母亲一职毕业了,但直到今天,她才真正感觉到自己的使命已经完成。这本应是件好事,但佳苗不知为何却感到一种虚脱般的寂寥。

"欸?好棒啊,真羡慕你。"午休时间,跟佳苗一起吃饭的同事山口,一边打开自带的便当一边说道,"我简直想象不出自己也能熬到那一天……"

佳苗在一家地方杂志的制作公司做合同工。山口是三年前作为正式员工入职公司的一名三十多岁的女性，家里有两个小孩，一个上小学低年级，另一个五岁。她经常说自己每天忙到崩溃，晚上睡觉都像昏死过去一样。虽然忙，但山口每天带来的便当都很精致，配色也漂亮。其他同事会去外面吃午饭，但佳苗和山口几乎每天都在空荡荡的会议室里吃自带的便当。

"说来也是呢。女儿上小学那阵子，我也曾经觉得，自己这辈子可能再也没机会做瑜伽、学插花了，大概就要那么白白地老去了。"

"那些都是你的爱好吗，瑜伽啊，插花啊什么的？"

"根本不是。"佳苗道。山口闻言仰头爆笑，佳苗也忍不住跟着笑了起来。那时管它是瑜伽还是书法，都无所谓。只要能让她远离孩子，远离家务和工作，只要能让她拥有属于自己的时间，干什么都无所谓。

"话说，我总觉得你的便当做得很漂亮。那么忙，还能这么用心做便当，每次都那么赏心悦目。孩子们在学校都有供应午餐吧？"

"我会在休息日做一些烹饪包准备着，平时就不用特意做了。"

"烹饪包？"

于是山口告诉佳苗，她在怀二胎的时候，订购过配送到家的预制套餐。菜谱上所需的所有食材都是切好的，跟调料一起配套包装，这样一来，不需要费心考虑菜单，非常快捷。"连我老公都能顺利上手呢，真的超——方便呢！"山口说。这种配套的食材，佳苗以前也听说过。但以前她觉得那应该是比自己更忙碌的职业女性会用到的东西，所以也没认真研究过。

　　佳苗从公司到离家最近的车站需要坐二十分钟的电车。时值四月下旬，傍晚五点过后天光依然明亮。坐在不算太拥挤的电车座位上，佳苗掏出手机。
　　"然后我突然意识到，这种烹饪包其实我们自己也能做，不用买！"她想起山口的话。从几年前开始，各种烹饪包似乎开始流行，就连网上也开始推出制作方法，山口试做之后发现其实很简单。从那时起，她就养成了习惯，会在休息日准备好做晚餐和便当用的烹饪包。
　　佳苗用手机一查，果然出现了很多烹饪包的食谱。幸福感扑面而来，佳苗感到心里一阵兴奋。咦？腌制好的肉类烹饪包，和蔬菜类或蘑菇类的烹饪包搭配使用，可以组合出很多花样……佳苗想出几种食材，在脑海中默默地将它们分门别类。当她发现自己已经到站时，急急忙忙地下了车，朝车站大楼里的超市走去。
　　习惯性地将春季蔬菜和生鱼片放入购物筐，佳苗想起刚才构想的烹饪包食材，犹豫着要不要买，随后忽然反应过来，感觉自己很可笑。她不用加班，家里也没有需要照顾的小孩，赶上丈夫悟有应酬的日子，一个人的晚餐做起来很容易。而且，悟喜欢下馆子，周末时，他们夫妻经常出去吃吃喝喝。说到底，她根本就没忙到需要常备烹饪包的程度。

佳苗只买了当晚所需的食材，穿过开始被暮色笼罩的街巷，朝家的方向走去。她想起刚才的那股兴奋劲儿，那不是因为烹饪包，而是想开始尝试新事物时的激情。瑜伽、插花、书法，她已经可以开始做任何事情了。佳苗试着设想了一下，但已不复刚才那种兴奋。在那些忙忙碌碌的岁月里，她从未想过，拥有属于自己的时间竟会如此地寂寞。寂寞，原来是一种奢侈的情感啊。佳苗带着万千思绪，走在回家的路上。

在安静的厨房里，佳苗开始准备晚饭。手机发出短促的提示音，她看了一下，是丈夫发来的信息："八点回家。"佳苗洗了洗手，回了一条："我买了刺身，拜托带瓶清酒回来。"她立刻收到一个动漫角色竖着大拇指的表情。

今天加班的山口，现在应该正在做回家的准备吧。佳苗想起下班那会儿山口叫住自己时的情景。"佳苗姐，谢谢你。"山口郑重其事地说道。"谢我什么？"佳苗问。"便当。"山口轻声说，"听到你的夸奖，我好高兴。"她笑道，随后又补了一句："高兴得我呀，还能再拼十年。"佳苗闻言心头不由得一热，有点想哭。"别，哪有那么夸张。"她嘴里含含糊糊地咕哝着，转身离开了公司。

　　佳苗心想，自己真的应该开始一些新尝试了。瑜伽、俳句什么的，着手去实施，立刻会忘记孤单，自己一定会感到兴奋的。到那时，就该轮到自己说"山口，谢谢你"了。

那天之后

　　佳苗打开厨房地板储物格的封盖，取出里面的东西。那里一直装着罐头等可以长期保存的即食食品、果冻饮料、饮用水等，都是储备食品。储备食物的习惯是从东日本大地震[1]之后开始养成的，但是这些食物到底是什么时候买的，她已经完全想不起来了，虽然应该不会太久。她确认了一下保质期，发现可用微波炉加热的米饭已经过期，几种速食咖喱还有一两个月，冻干什锦饭还剩半年。佳苗把保质期尚有富余的东西放回原处，抱着已经过期和即将到期的食品合上了封盖。

　　这周的周日，佳苗把这些储备食品热了热，当作午餐。冻干式的味噌汤加上什锦饭，方便咖喱则单独装盘，她只做了点沙拉。

---

[1] 2011年发生的特大地震，受灾地区主要集中在日本东部地区。

"这种东西，买回来很容易忘记，以后，咱们就在每年的防灾日[1]前吃掉好了。"佳苗对丈夫悟说。在她工作的制作公司免费发放的地方杂志上，登载了相关的报道。报道建议大家养成定期检查储备食品，及时更换的习惯。围绕着这个话题，编辑部里很是热闹了一阵。原来，有的人从来都没储备过食物；有的人会在防灾日那天进行更换；也有的人像佳苗一样，想起来就买回来一些，然后一直放着。因为办公室里这些热烈的讨论，她才想起确认一下保质期。

"最近这些方便食品，味道还真不错。"嗜吃的悟从来不挑三拣四，吃什么菜都不抱怨。

冻干式米饭和味噌汤都是第一次买，确实好吃得令人称奇。

"说起来，咱俩以前还曾经吃过一段时间的储备食品呢。"悟忽又笑道，"还是希子出生前，咱俩刚结婚的时候。"

"啊！"这么一说，佳苗也想起来了，"那哪是刚结婚哪，是结婚前。"

当时佳苗二十多岁的年纪。到了黄金周假期才想起自己忘了取现金，她去找当时正在交往的悟，打算让他请客，结果悟也没取钱。二十多年前，ATM机在节假日无法使用。幸好佳

---

[1] 每年的9月1日，日本政府为纪念1923年9月1日发生的关东大地震，而在1960年设立的节日。

苗家里还有不少吃的，于是两个人搭伙，家里有什么吃什么。他们煮米饭，就着金枪鱼罐头吃，或把米饭做成粥。最后，连储存的压缩饼干和羊羹都被他们吃掉了。"咱们这就像在野外露营。"悟的话里透着一股子莫名的快活劲儿。当时佳苗就确信，跟这个人结婚准没错。

"那时真年轻啊，"佳苗喃喃道，"在那种情况下都能过得那么开心。"不，开心是因为两个人做伴，是因为跟他在一起。

"比起当年，现在的储备食品真是进化了。"

佳苗忽然萌生了一个想法："哎，今年暑假，咱们去露营吧。"

悟和佳苗其实都没什么露营的经验。希子小时候，他们在河边或大型公园里搞过烧烤，但户外活动与他们无缘。年近五十岁才开始露营，不知会搞成什么样，佳苗一边在心里犯着嘀咕，一边开始制订计划，竟意外地感到快乐。她查询适合新手露营的场所，最后预订了那须的露营地，时间定在八月的长假里。

虽然有小屋可供住宿，但他们还是特意买了顶简易帐篷。露营地可以租借烧烤设备，厨房、厕所和盥洗室等设施也很齐全，还有自动售货机。附近有温泉，还有公路驿站商业区。露营地还提供做比萨、划独木舟等内容丰富的体验活动，吸引了很多带小孩的家庭。

悟和佳苗按照说明书的指示支起帐篷，在森林中溜达溜达，走去泡温泉，回来时在附近的公路驿站买了些食材，借来烧烤设备，趁着太阳还没下山开始准备晚餐。

"如果在希子小时候能想到带她体验这些就好了。"虽然每年都会合家出游，但他们还没尝试过这种体验式的旅行。看到那些欢蹦乱跳的小孩子，佳苗不禁这样想。

"不过，你瞧，中年夫妻两人露营也别有情调嘛。"

"话是这么说。"佳苗笑了。这个人一点都没变。虽然两人有过无数次争吵，有时自己也恨他恨得牙根痒痒，但现在仍能在一起说说笑笑，说明自己当年的感觉是正确的，坚信跟这个人结婚准没错的感觉，佳苗默默地想。

她啜着自带的葡萄酒，烤着在公路驿站买来的蔬菜、海贝和鲜鱼。天空从橘变成紫，逐渐被染成深蓝。抬头望去，已经有无数的星星在闪烁。周围飘荡着其他正在烧烤的家庭发出的阵阵欢笑和食物诱人的香气。

"开始烤肉吧。"悟站起身来，把刚刚买的牛排放在烤架上。

"不用酱汁，是用盐对吧？哎，我把红酒也打开吧。"佳苗从行李中拎出红酒瓶，拔去软木塞。

"感觉比想象中要简单，真不错啊。"悟嘴里念念有词，面孔被炭火照得发亮。

收拾好烧烤设备，洗了脸，刷了牙，佳苗躺在帐篷里。尽管还是八月，但唧唧虫鸣让人恍惚有秋日之感。刚刚互道过晚安，身边就传来了轻轻的鼾声。"咱们这就像在野外露营，真开心。"他还记得自己说过的话吗？

确实，实践起来比想象的要简单，即使不带小孩子，即使不是户外爱好者，即使是中年夫妇，也可以玩得很开心。说不定，以后他们会迷上露营呢。到那时，她会望着星空对悟说："正因为有那天，所以才会有今日，而有了今日，又会有未来。"是呀，就跟他说说这个吧。佳苗漫无边际地想着，渐渐沉入了梦乡。

各自的梦想

それぞれの夢

各自的梦想

在命题作文《未来的梦想》中，田口莉帆写的是"海豚饲养员"。虽然在一年级之前她一直想成为一名钢琴家，但在二年级的暑假里，跟父母在动物园看过一场海豚表演后，莉帆便改了主意。起初，母亲坚决反对她放弃钢琴改学游泳，理由是不能养成半途而废的习惯。而奉行"孩子想做就让她做"主义的父亲却表示赞成，于是，自二年级秋季时起，莉帆就开始去游泳学校上课了。

"莉帆，分一半给你吧？"走出便利店的朝仓铃递过来一个热气腾腾的纸包，"不是豆沙包啊，也不是普通的肉包子，这是叉烧包。"

"哎？可以吗？"莉帆咽下一口口水，姑且客气了一下。

"可以。"铃跟往常一样，边说边掰开叉烧包，递给莉帆一半。两人肩并肩走着，把热乎乎的食物往嘴里送。

"叉烧包太好吃了。"莉帆嘴里咬着包子,含混不清地说道。

"在家里煮叉烧肉的时候,就可以自己做叉烧包咯。"

"啥?叉烧包在家也能做?"

"能做呀,很简单的。只是这个包子皮可能不太好做。"

在游泳学校结识的铃跟莉帆一样,也是小学五年级的学生,她们住在同一条铁路沿线,上的是一所直通高中的私立学校。她的未来梦想是成为一名奥运选手,但其实,哪个泳姿她都游得不怎么快。铃家境优渥,总是在回家路上的便利店里买些"有分量的零食",豪爽地分给因为被家长禁止乱买乱吃,所以拿不到零花钱的莉帆。

"在《未来的梦想》那篇作文里,我写的是想当一名海豚饲养员,不过呢,我最盼着在那之前就能独立生活,天天吃肉。我总觉得,那才是我真正的梦想。"莉帆一边吃叉烧包一边说话,呼出来的气息都是白色的。莉帆的母亲不喜欢吃肉,倒不是因为过敏,但稍微吃一点儿肉就会说"胃胀"。所以,莉帆家的餐桌上只有鱼和蔬菜。只有父亲偶尔在星期天下厨的时候,才会在炒面或咖喱里放点肉,但每次都是鸡肉。莉帆强烈地渴望长大后连叉烧肉都能轻轻松松地煮出来。

"要不别养海豚了,改成开烤肉店怎么样?"铃不经意的一句话,让莉帆当即呆了一呆。

"开烤肉店！可是，开烤肉店的人就能每天吃烤肉吗？"莉帆从来没去过烤肉店，所以对在烤肉店里工作的人毫无了解。

"可以打烊以后再吃嘛！啊，算了，还是放弃这个梦想吧。要是开烤肉店的话，就不需要再来游泳了，我可是想和莉帆一直游下去的。"

"我也是呀！我不会放弃游泳的。"

车站就要到了，附近有很多快餐店和小饭馆，烤肉店也在其中。莉帆把最后一小口包子吞下肚，开始认真考虑如何才能把海豚饲养员的工作和烤肉店的经营同时兼顾起来。

新年，田口莉帆有生以来第一次见识了烤肉店。

每到过新年，他们一家都是元月一号在自家过，二号、三号去祖父母和外祖父母家。通常来说，他们会在二号去大宫的外公外婆家，三号那天去宇都宫的爷爷奶奶家，并在宇都宫住上一晚。

这次在爷爷奶奶家，莉帆的堂兄们——大伯的孩子，高中生龙太和初中生光贵两个人对年菜提出了抗议，说再也不想吃那东西了，一致要求吃烤肉，于是一家九口浩浩荡荡地开进了烤肉店。

"长到这么大，我都不知道天下还有这么好吃的东西，真是想想就要哭哇！"

游完泳走向车站的路上，莉帆一边吃着铃刚分给她的炸鸡块，一边讲她的新年经历。才一月中旬，新年的气氛就已经从商业街上消失了，大人们步履匆匆地向车站走去。

"怎么？想开烤肉店了？"铃问。新年期间玲好像去了冲绳。

"但我觉得吧，如果只能在打烊之后吃，给客人上菜的时候该多难受哇！所以我考虑了一下，我当我的海豚饲养员，然后嫁给开烤肉店的人不就行了吗？这样啊，每天回家都能吃到烤肉。反正我是不会放弃游泳的。"

"我想的是年糕。"玲把装炸鸡的空盒子放回塑料袋，认真地说道。

"年糕，你是说年糕？白年糕？"

"虽然我想成为一名奥运选手，但实际上我和莉帆一样，也有自己真正的梦想。我想退役以后每天都能吃年糕，每天就靠吃年糕过日子。我不要嫁给开年糕店的人，我要自己做年糕，各种口味每天都换着吃。"

"各种口味……"莉帆感到很意外，不自觉地重复着铃的话。她从来不知道铃这么喜欢吃年糕。或者说，她想都没想过世界上居然会有喜欢吃年糕的人。"传统的吃法是配海苔或者萝卜泥，但是配芝士也不错，蛋黄酱和番茄酱也可以。甜口的不只是红豆馅,还要有焦糖和巧克力口味。这次在冲绳,我第一次吃到了冲绳年糕,也很喜欢。"铃口吐白雾,滔滔不绝,"因为会发胖,所以直到退役之前都不能多吃对不对?所以我得忍耐,等到退役,就能一直吃年糕啦。"

莉帆用尊敬的目光注视着铃。她一直觉得铃了不起。说到年糕,除了杂煮[1]、红豆汤和海苔卷,她几乎一无所知。最重要的是,铃不是要嫁给开年糕店的人,而是要自己做年糕,莉帆觉得,这比自己的梦想酷多了。

"咱们上了初中也要继续游泳啊,铃铃。为了能一直吃年糕,咱们加油吧。"到了车站,在月台上分别时,莉帆对铃说。

铃笑着点了点头,转身朝对面的月台走去,她回头挥了一下手,跑了起来。

---

[1] 日本传统料理,以年糕为主料煮制而成,人们常于新年期间食用。

她的恋情与腐皮年糕

在从游泳学校回家的路上,朝仓铃每次都会光顾便利店,买个叉烧包或炸鸡之类有分量的零食,慷慨地分给田口莉帆。游泳后饥肠辘辘,胃口大开,所以莉帆虽然觉得不好意思,但对铃的现买现吃总是心怀期待。

然而,二月里的某天,铃却从便利店门前径直走了过去。

"咦?"莉帆忍不住惊叫出声,"你不进去?"说完,她又感觉自己的话听上去像在勒索,立刻不安起来,赶紧补充了一句:"不是,我没别的意思……"

"我决定要减肥了。"铃回头朝过而不入的便利店瞥了一眼,"所以,要戒零食。"

"减肥?!"莉帆难以置信,不由得抬高了嗓音,被铃瞪了一眼,"可是,铃铃你一点都不胖啊,完全没必要减肥嘛!"

"我有喜欢的人了。"铃说着,半张脸都要埋进脖子上层层叠叠的围巾里去,"所以,我想瘦得更好看一些,做一个不乱吃零食的人。"

"'喜欢的人',是谁呀?游泳学校的人?"莉帆脑海中浮现出学校里的男生们,但想不出哪个值得铃喜欢。

"这事我没对任何人说过,但是不想对莉帆保密,所以我告诉你吧。"铃并未停下脚步,边走边带着心事重重的表情说道,"是安德鲁老师。他是我一月份开始上的那个英语口语学校里的老师,澳大利亚人,去年来日本的。"

莉帆想说些什么,但却找不到合适的词。许多大人脚步匆匆地走向车站。莉帆突然感觉铃也会夹在他们中间,脚步匆匆地渐行渐远,她有点儿着急。

"那个人,他……他知道年糕吗……"莉帆这样问,是因为她想起了铃的梦想。每天都要做年糕吃,这是她上个月刚刚听到的铃的梦想。外国人不吃年糕那种东西吧?她开始担心起来。

"年糕那么好吃,说不定他也会喜欢上的。像纳豆年糕那种嘛,可能有点困难。但我觉得安德鲁是个懂得尊重异域文化的人。"

莉帆再也说不出什么,和铃在月台上分别后,挤上了塞满大人的电车。异域文化,安德鲁,澳大利亚,英语学校,恋爱,恋爱,恋爱。铃的语言碎片在她的脑海中不停地旋转。她觉得刚才提起年糕的自己真是傻得可以。

在学校，关于谁喜欢谁之类的话题，班级里也经常会传来传去，但莉帆感觉，铃的恋情跟那些完全不同。铃是认真的，这是大人的恋情。所以她不会再买有分量的零食。莉帆想起那些叉烧包、炸鸡块，想起她俩一人拿一半，边走边吃的日子，感觉那么遥远，却又那么充实。莉帆的肚子咕咕地发出悲鸣，她有点想哭。

临近女儿节[1]的一天，空气清冷。铃丝滑地溜进便利店，就像什么都没发生过一样。欸？欸？这能行吗？莉帆满心狐疑地跟在铃的后面，走进店内。店里暖气开得很足，空气中弥漫着关东煮的香味，杂志区有几个大人正在站着看书。铃径直向收银台走去。

"请给我关东煮。嗯……我要鸡肉丸、豆腐丸、魔芋球、香肠卷，还有……"说到这里，她回头看着莉帆，"要不要鸡蛋？"得到答案后，她接着又说："再来两个鸡蛋，还有，嗯……嗯……还有腐皮年糕！"她像是下定了决心一般说出最后几个字。

拿了两双筷子，两个人站在便利店门边，一起分享那碗热

---

[1] 每年的3月3日。人们在家中摆上女儿节人偶，祈愿女孩健康成长。

气腾腾的关东煮。铃的不买不吃宣言是在两周前发布的。

"能行吗?那个,减肥。"莉帆小心翼翼地问。她感激地接受了铃让给她的香肠卷,好吃得简直叫人忘乎所以,身体从里到外渐渐暖了起来。

"关东煮热量低,所以我觉得没问题。寒气是女人的大敌呀!魔芋球归我啦。"

"铃铃,谢谢你总是分给我好吃的。我没有零用钱,拿不出什么来回报你……"

"没事没事,别在意这些。两个人一起吃才香嘛,香过一个人吃。"

"安德鲁老师还好吗?"

"很好哇。我那个英语口语学校,上课老师每次都不一样,所以不是每周都能见到他,不过,我觉得这样恋情才能持久哟。"莉帆用崇拜的目光注视着一如既往地发表着成熟见解的铃,铃咬了一口魔芋,问道,"莉帆,你没有喜欢的人吗?"

"没有呢,我们学校的男生都是些没品位的幼稚家伙,游泳学校里嘛,也没见着什么帅哥……"

"嗯,恋爱这种东西,是突如其来的,也没必要着急。"铃说着,用筷子夹起了腐皮年糕,用与她的成熟言论截然相反的充满童真的表情凝视了片刻,毅然决然地咬了一口,咀嚼着。"啊啊!"她仰起头呼出一大团雪白的雾气,"好吃!年糕太好吃了！纠结了半天，还是买对了！"她满脸笑容地看着莉帆。

那么成熟，懂得恋爱，有安德鲁，还会说寒气是女人的大敌，莉帆甚至一度认为铃离自己越来越遥远了。而此时此刻，她真切地感觉到铃也是一个和自己同龄的十一岁的女孩。莉帆好开心。

"上了六年级你不会放弃游泳，对吗？"莉帆再次确认。

"当然不会啦，因为我要成为奥运选手哇。英语也是为了这个才开始学的。"铃回答。她们对视了一下之后，各自用筷子夹起碗中的鸡蛋。

路上的时光

那天,田口莉帆心情很沮丧,但为了不让任何人看出来,无论是在学校还是在放学后的游泳课上,她都努力表现得很快活。尽管如此,朝仓铃还是察觉到了什么。

"回去路上的零食有什么特别要点的吗?"往更衣室走时,铃用她的方式不动声色地表达着对莉帆的鼓励。

"谢谢你,铃铃。"莉帆有点想哭,"不用管我,一直都是我不好。"

原来,昨天莉帆因为晚餐的事和母亲吵了一架,一气之下说走了嘴,把放学路上铃总是请自己吃东西的事情抖搂了出来。昨天的晚餐是梅子煮沙丁鱼,前天是鳕鱼锅。她忍不住发了牢骚,说自己更想吃别的东西,如汉堡、芝士焗通心粉、炸猪排那样的东西,还说就是因为每天都吃这种老太婆才会吃的食物,所以自己到现在都没来月经;总是吃不到想吃的,所以铃才会给她买零食。

她万万没想到，母亲居然气哭了。不是因为晚餐，也不是因为月经，而是她让铃给自己买零食这件事，似乎触到了母亲的底线，那是母亲绝对不能容忍的行为。当母亲提出要停掉莉帆的游泳课时，莉帆也哭了起来，坚决不肯让步。保持中立的父亲则不知所措，只是一味地劝道："别生那么大的气。""莉帆，你也有错。"

莉帆一边换衣服，一边大致地说明了事情的经过。

"所以，从今天开始，我不能再吃零食了……"做出了这样的承诺，她才得到了继续游泳的许可。

一出门，莉帆就见一个人影守候在门口，吃惊地停住了脚步，是母亲。

"你好，你就是铃铃同学吧？听说莉帆一直让你买东西给她吃，真的很抱歉。"母亲对铃深深地低下了头。游泳学校的孩子们三五成群地出来，朝车站方向走去，没人在意站在那里的三个人。

"没有啦，都是我自己要买的。对不起。"铃不慌不忙地说着，低头行礼，丝毫不怯场。

"能把你家的联系方式告诉我吗？我要向你的妈妈道歉，也要表示感谢。"母亲说。

"不用不用。对不起，我先告辞了。"铃又行了个礼，瞥了莉帆一眼，小跑着离开了。目送着她的背影，母亲说："莉帆，咱们去家庭菜馆吧。"然后不等莉帆回答，她就迈开了步子。

在母亲"想吃什么尽管点"的鼓励下，莉帆怯生生地点了份肉酱意面和奶油可乐饼。母亲点了一份海鲜盖饭和啤酒。

"莉帆，妈妈也有不对的地方。不过，我不希望莉帆蹭别人的东西吃。"点完单的服务生一离开，母亲就带着一脸的忧虑对莉帆说。

"对不起。"莉帆也向母亲道歉，同时回忆起她与铃吃着炸鸡块和叉烧包一起走过的那些数不清的回家路，回忆起那段曾经幸福的时光。

莉帆简直不敢相信，周日的白天，铃会来自己家。爸爸和铃坐在客厅玩游戏。莉帆坐立不安，在客厅和母亲所在的厨房之间毫无意义地穿梭往返。今天的菜式有章鱼番茄沙拉、培根蘑菇焗通心粉，还有肉丸意大利面。这是以前她想都不敢想的菜式。

母亲说想好好感谢铃，所以让莉帆把她请到了家里。莉帆跟着铃蹭吃蹭喝的行为，已经受到了严厉的批评，但自那天以来，家里的饭桌上逐渐增加了一些莉帆想吃的东西。尽管母亲仍然以"胃胀"为由，主要吃些清淡的菜式，但也会为莉帆和父亲多添一两道菜。

"嚯——好厉害啊，这么丰盛！我开动啦。"铃坐到餐桌旁，夸张地说道。

"铃铃家条件那么好，吃的肯定都是好东西。"莉帆有些不好意思地说道，铃睁圆了双眼连连摆手。

"我们家才没有这么多菜呢。怎么说呢，有点像咖啡馆里的简餐风格，全都盛在一个盘子里。最近，妈妈喜欢烧那种直接用平底锅上菜的料理，鸡肉哇，一整条鱼哇，加上蔬菜一锅做出来，咚的一下连锅一起直接放桌上。"

"哎？那是什么？听上去很不错呀。下次我也试试看。铃铃的妈妈真是天才。"

"在偷懒方面哪，确实是个天才。"铃毫无拘谨，调皮地说道。莉帆的父亲母亲都笑了起来。

"我小时候，冬天上完钢琴课，回家的路上买个鲷鱼烧吃就会感觉好幸福。"饭后甜点时间，当大家吃着铃带来的水果塔时，母亲突然说道，"当然不被允许咯，我是偷偷摸摸买来吃的。不过偷偷摸摸吃的东西，味道真是好哇。"

"什么嘛！那还对我生那么大的气。"莉帆不由自主地尖声叫道。

"我生气是因为你让铃铃买东西。"

"可我没有零用钱啊。"莉帆争辩道。

"都是我自己要买的啦。"铃也同时发言。

"这件事,今天就不用再提了吧。"父亲说道。"是啊是啊,对不起。"母亲跟着道歉说。

饭后,莉帆把铃带到了自己的房间,一边想着问问她对安德鲁的感情有没有什么进展,一边继续吃着馅料丰厚的水果塔。她想象着两人边走边吃那些在便利店里买的东西,谈论恋爱和未来的情景。她试着把从未见过的,还是小学生的母亲也加到画面中去,但效果不佳。或许,那个小学生母亲会说自己长大后要做什么,想成为什么,但莉帆感觉,她肯定不会说自己想结婚,想当妈妈。

长大后想一个人住,想参加奥运会,想嫁给烤肉店老板,想随心所欲地吃年糕……长大后想做的事情虽然很多,但稍微放长远一点再实现吧,稍微,让它们再等等好了,莉帆心想。

第一次搬家

はじめての引っ越し

第一次搬家

石田园花不止一次想过要一个人住,而真到了要搬家的时候,她却对自己出生长大的家越发感到不舍。

大学录取结果确定之后,园花和母亲一起去了东京,把事先在网上预约的几个房子都看了一遍,最终选择了一处共享住宅作为新家,那里距新干线车站大约十五分钟脚程。在那栋三层的共享住宅里,有三十五个带独立卫浴的一居室,厨房、餐厅、洗衣房和娱乐室都是共用的。有些毕业生已经搬离,因此园花和母亲就参观了空出来的房间,最后决定租下。

看房那天她们见到了几个住在那里的大学生,都很友善,还有人跟她们打招呼,说"这里住起来很方便"。园花带着五光十色的新生活梦想回了家。然而,距搬家还有一个星期时,她却开始担心起来:肯定会有合不来的人吧,不,说不定人家都相处得不错,只有我无法融入他们的圈子。而且,男生也住在那里，会怎样？如果遇到那种调皮捣蛋的男生……她脑海里浮现出的全是负面的想法，情绪越来越沮丧。

住处确定之后，母亲每次做晚饭都会把园花叫到跟前，耳提面命，教她一些微波炉烹饪法和节省开销的菜谱。

在搬家前的那个星期天，正在整理房间的园花又被母亲叫到了厨房。

"今天我们做面包。"母亲说着，命园花去洗手。

如果是手撕餐包的话，园花也做过，但是……"这种比那种还要简单，"母亲说着，将原料放进了塑料袋中，"就在这个袋子里揉面，发酵，再用平底锅一烤就好了。所以呀，如果因为付不起燃气费点不着火，只要有卡式炉和平底锅就能烤面包，肯定饿不着的。"

"啊？付不起燃气费？不给生活费的吗……"

"生活费当然会给啦，啊哈哈……"母亲愉快地笑了起来，"如果赶上公用厨房太拥挤的时候，就能派上用场了嘛。"

"哦，那倒也是。"园花接过母亲递来的塑料袋，开始揉面团。可是，一想到自己在单人房间里用卡式炉烤面包的情景，她不由得眼眶一湿："我可不想一个人在房间里做什么面包呀……"

"欸，妈妈上学的时候啊，一百日元的鲭鱼罐头，淋点酱油就吃了，也是一个人哪。啊——还真想再体验一次那种自由的感觉。"

"什么呀，那算快乐的回忆？"园花试着想象那个画面——一个人在房间里捧着鲭鱼罐头直接吃——怎么想都觉得惨兮兮的。

"当然啦！再没有比那个更快乐的了。在这方面，你爸爸更是个狠角色，什么黄油拌饭哪，拌饭料拌意面哪……等会儿吃饭的时候你问问看，他要是讲起来啊，肯定没完没了。全属于不宜模仿系列的。"

园花开始担心起来，忍不住问道："今天的晚饭不会只吃这个面包吧？"母亲笑得更欢了。

园花问了问和她一样从春天开始就要独立生活的同学，发现有不少新生准备住进共享住宅，而共享住宅也有很多不同的类型。有的跟公寓一样，住户之间互不干涉；也有的是独栋房子，好几个人同住，其中还包括已经工作了的人。

石田园花从三月底开始入住的共享住宅仅限学生使用，来自不同大学的男生女生在这里生活，他们开了迎新生派对，还组织了赏樱野餐。当然并不是所有人都参加，但园花同校的大三学长对她说："在这里，大家的关系都特别好，你很幸运哪。"

刚搬来的时候，面对跟以往截然不同的生活，园花做什么都有点战战兢兢的。她惊讶于站前商业街的繁华和人潮的汹涌；明明在她的家乡也有同一家连锁餐馆，在这里她却迟疑了半天不敢进去；满员电车、街头分发的传单及便携纸巾的数量，无不使她目瞪口呆，总之她经历了一连串的震撼。

但随着新生活的不断展开，这些事情渐渐地变得不足为奇了。她参加了共享住宅里的各种活动，也和新认识的大学同学相约吃饭，虽然她还不敢去涩谷或六本木，但已经开始将大学和住所的周边视为自己的生活圈子了。她知道哪家面包店的面包好吃，哪家咖啡店的甜点可口，哪里能买到便宜又可爱的生活用品。即便不是每天都开火做饭，和朋友一起去吃些经济实惠的套餐或快餐也不会造成财务上的困难。从小到大，园花除了参加活动之外一直都吃母亲做的饭，在她看来，外面的牛肉饭、回转寿司、汉堡包都很洋气，也都很美味。

大约三个月后，园花和其他两名新生加入了四名高年级学生组织的"夜会部"。"夜会部"每周搞一次带餐聚会，要求每个人带一个菜，大家一起吃。活动规则只有一条：用剪刀石头布决出一名"豪客"，然后由这个"豪客"负责带主菜，仅此而已。其他的会员负责准备配菜，炒豆芽也行，蒸土豆亦可，怎么糊弄都没问题。母亲传授给园花的那些简单又经济的菜式，真是帮了她的大忙。而伙伴们每次丰富和新鲜的创意，也都令她叹为观止。

这次轮到园花当"豪客"。正巧她在黄金周前开始打工，刚刚领到工资，于是下决心买了大块的猪里脊，做了一道简单易做的电饭煲版卤猪肉。

在共用厨房的一角，七个人围在餐桌旁，品尝着彼此带来的各种菜品。卤猪肉大获好评。大家吃着韩式葱煎饼、凉拌卷心菜和腌昆布拌面条，七嘴八舌地聊着天。不必体验一个人在房间里用卡式炉做面包的日子，园花深感庆幸，但与此同时，她也很想知道母亲提到的"那种自由"到底是什么样的感觉。

第二次搬家

因为恋恋不舍，园花很想把搬家推迟到不能再推的极限，但终究，她还是决定在毕业典礼的前一周离开这座学生专用的共享住宅。届时，各大学都会公布录取名单，也有很多新生会借着来看公告的机会顺便找住处，签租约。因为对新生来说，空出来的房间看起来最方便，所以园花决定在那之前搬走。

她新租的公寓距离私铁车站七分钟脚程，一室一厅，公寓入口配有自动锁门装置，房龄尚浅。从家门到单位——她四月份入职的一家教材公司——的大门不到三十分钟的路程。房子条件相当好，但离开共享住宅还是让园花感到无比寂寞。

送别会定在二月的最后一个周六举行。即将搬离的毕业生算上园花共有四人。作为主宾，四个人不必参与准备，只要在晚上六点开始时直接去食堂就可以了。

"今天，大家好像都在那儿和面呢。"辻萌花在园花的房间里一边帮着收拾一边说,"听说是自助盖面而不是盖饭,他们好像准备了很多浇头呢。"

"说起自助盖饭,咱们在青森吃过呢,就是中村回老家的时候开车带我们去吃的那种。"

"要说中村,没想到居然那么优秀,是商社吧?他准备搬去惠比寿那边住呢。"

"中村得意着呢!他还拍着胸脯说要买葡萄酒来。如果还是像上次那样的廉价酒,咱们可得好好教训教训他。"

四年里,每年都有毕业生离开,新生进来,房间一直爆满,但不知为何,大家都相处得非常融洽。从春天的赏樱开始,一直延续下来的活动每两三个月就有一次。当然,不喜欢凑热闹的人可以不参加,但无论什么活动,出席率都有八成左右,园花几乎参加了所有活动。"夜会部"的活动依然在进行,园花离开后应该也会存续下去。正如父母所说,他们发明了许多因为缺钱才会想出来的奇特饭菜,但因为总是跟别人一起吃,所以觉得格外可口。来自全国各地的学生住在一起,大家就有幸品尝到全国各地的家长寄来的全国各地的特色食材。园花第一次交上了男朋友,相处没到一年就分手时,萌花和其他现已离开的学长学姐们陪她吃了好多甜点。较之学习和大学里的社团活动,共享住宅的生活更让园花感觉充实。

"萌萌,我是真不想搬家呀。"园花一边整理着教科书和参考资料，分出哪些要带哪些不要带，一边带着哭腔说道。

"我也一样啊！"正在把为数不多的餐具和杂物用报纸包裹起来的萌花停下了手上的动作，声音里也带着一种悲壮，"没办法的呀！咱们青春的'第一回'已经结束了，向着'第二回'，加油吧。"

从学弟学妹们正在和面的共用厨房里传来一阵欢快的笑声。

"'第二回'也会很快乐的，肯定不会输给在这里的生活。"萌花像是不愿输给那边的欢笑声一般，笃定地说道。

确实，只要习惯了满室寂静，学会打发无所事事的时间，独自一个人的生活也不错——石田园花开始这样想，是在搬出共享住宅一个半月之后的那个黄金周。大约在一周前，培训期结束，她被分配到了市场部，虽然还没适应，但通过邮件和LINE保持着联系的过去的同学们，似乎也面临着类似的情况。

刚搬过来的那几天，园花下班时总是不由自主地往共享住宅走，下意识地要坐到那一站，有时还会考虑去"夜会部"要带什么菜。每当这时，她都会提醒自己：不对不对，我已经搬家了，现在是"第二回"了。但她的心情总是特别失落。不过最近她终于感觉，琢磨琢磨看哪部网络剧、用哪种浴盐之类鸡毛蒜皮的小事，回到一个人的家，也开始一点点地变得快乐起来。

黄金周期间,她约上老同学一起出去吃饭、看电影、做美容,最后一天,没有任何安排的园花突然想花心思做做菜。她骑着自行车,去了附近的超市和食品店,在肉铺买到了价格优惠的牛肉,又买了蔬菜和葡萄酒,一高兴还买了鲜花和几样餐具,大包小包地拎回家。她打开窗户,放上音乐,开始烧菜。

共享住宅的黄金周被各种各样的活动排得满满的。有野餐和烧烤,有电影鉴赏会,还有名点晚会——品尝各自从家乡带来的特色糕点。就在不到一年前,她还在参加这些活动,现在只能伤感地怀念。但当园花把肉和蔬菜放进锅里时,她默默地想到,以前不可能像现在这样独占厨房,煮这种比较费时的菜肴。做好所有的配菜准备后,她点燃锅下的灶头,调小火力,然后在健身球上一边锻炼,一边看起了一个星期前开始追的泰剧。阳台那边的天空慢慢地染上了橘色,又从天边开始逐渐变成粉红。园花不时地将目光从屏幕移向窗外,出神地凝望着。真美啊。她第一次感觉,搬到这里真是太好了。

小火慢炖的牛肉非常成功。作为配菜的土豆泥和煎菠菜也做得很好。葡萄酒虽然是便宜货,但配上炖牛肉,喝起来香醇适口。虽然没有了共享住宅的欢声笑语,没有了聚餐之乐趣,但园花仍然深深地感到幸福。刚才展示着黄昏天色的窗口,此刻染上了一层淡淡的蓝。

回头再买几只像样的红酒杯吧。为了招待朋友和未来也许会有的恋人，刀叉碗碟之类的餐具也得稍微备齐备齐。想到这些，园花心里有些激动。或许，"第二回"确实会快乐。

"哎呀，居然忘了拍照。"园花忍不住自言自语道，"嗐，算了吧。"她突然想，拍菜拍甜品不过是为了晒出去给别人看，这种事也该适可而止了。

最后一次搬家

父亲史弘去世的那个夏天,是在石田园花三十岁过后的第二年。

父亲向来讳疾忌医,所以也一直对母亲和园花隐瞒自己身体上的不适,当他终于肯去医院时,癌症已经发展到了四级。医生宣告他只有半年的存活期,可七个月过去了,他虽然算不上活力四射,但也挺了过来。母亲和园花或多或少地都认为父亲可能会逃过一劫。然而,就像专门要等梅雨季过去,天空放晴似的,七月末,父亲告别了人世,终年六十八岁。

园花请了一个星期的假回家奔丧,葬礼结束后,还要协助整理家中物品。她帮着母亲布置好佛龛,依照母亲的判断,将父亲的遗物或处理或分送给父亲的朋友做纪念。

"既然你爸爸已经搬到天上去住了,这个家对我来说也太大了,所以呢,我也在考虑搬家。"在只剩两个人的餐桌前,母亲对园花说。

看着桌上的煮鱼、素卤夏季时蔬、冷豆腐和味噌汤这些质朴的家常菜,园花突然想起当年自己离开这个家时的情景。母亲传授给她很多简便的快手菜,好像还教过她用塑料袋做面包来着。那时才五十多岁的父母,争相介绍他们学生时代的穷人菜谱,并引以为傲,不时开怀大笑。当时,园花虽然很期待离家独立生活,但也差点儿被各种不安压垮。

"搬家?去哪里?要不要来东京?可以跟我一起住,或者租个附近的公寓。"园花说。

"一把年纪了还去什么东京,那不是开玩笑嘛。再说了,朋友和亲戚都在这边。我在考虑搬进老年公寓。"母亲喝着饭后的茶,把她收集来的公寓宣传册摊开在桌面上。有的公寓里设有餐厅,还有电影院,从房型来看,有的带独立厨房,有的是共用厨房。园花感觉那就像她第一次搬家后住的共享住宅一样。

"这个怎么样?共用厨房,共用客厅。看上去挺有意思的。"

"唉,就怕有合不来的人……"母亲有些担心。自己当年是不是也为了一模一样的问题烦恼过?园花不由得暗想。她觉得,搬家和人际关系其实就是一种赌博。从那个共享住宅搬到私铁沿线的一室一厅之后,她又搬了两次家。虽然每个住处都令人满意,但都让她感觉那不是她最终的归宿。她将来可能还要再搬几次家吧。

"爸爸这算是最后一次搬家吧,希望是个好地方。"园花喃喃道。

"肯定是好地方啊。不然的话,我得让他在我搬过去之前,把那边的居住环境搞好。"

"别这么说嘛。"园花的表情马上严肃起来。父亲刚走,她可不想再失去母亲。

但母亲开朗地笑着说:"嘿,你总有一天也要搬去的呀,到时候大家还要在一起吃饭呢!"听了这话,虽然悲伤未平复,但心情缓和了一些,园花也笑了。

迁居意味着母亲要从他们住了三十多年的家搬出去,在石田园花的预想中,那将是一项相当浩大的工程,令人意外的是,事实上并非如此。父亲过世后,在一年的时间里,母亲把家中物品处理得七七八八,至于园花的相册、作文、图画、手工作品之类的东西,她也都一一确认,把园花认为需要的东西都寄到了她的公寓。拆房和土地出让都是母亲一个人操办的。

母亲迁入的老年公寓离车站很近,一室一厅的房型,房间里带简单的厨房,公寓内还设有餐厅。搬家好像用的是独居者套餐服务。园花说要帮忙,母亲回绝说没有必要。

所以，园花去母亲的新家，已经是搬家工作全部结束的盛夏时节了。盂兰盆节，和母亲一起扫过墓后，园花陪母亲回到她的公寓。

母亲自豪地带她参观健身房、音乐厅、电影院，先进而完备的设施让园花惊讶不已。擦肩而过的人向母亲打招呼，母亲也向他们介绍自己的女儿，这温馨的氛围让她感到放松。

母亲的房间整洁有序，在老房子里看惯了的墙上的画、餐具来到这里，仿佛被注入了新的生命。让园花感到不可思议的是，过上独居生活的母亲不再是母亲，而像是一位年长的朋友。母亲的房间在五楼，从阳台可以看到城市的景色和连绵不断的山脊。想象母亲每天早上一个人醒来看着这些山岭，园花的心中既酸楚又羡慕，这是一种她从未体验过的复杂情感。

"记得大学毕业搬家的时候，朋友说，青春的'第二回'就要开始了。妈妈的新生活虽然不能说是青春，但也是一种新的开始呀。"

"哎呀，怎么就不能是青春了？说不定是青春的'第三十回'呢。我得到了邀请，正在考虑加入合唱团呢。这里不是还有麻将室嘛，据说啊，打麻将对预防阿尔茨海默病很有效果，我是不是也应该学学，唉，当初跟你爸爸学一学就好了。"

母亲在她那间小巧的厨房里一边泡茶一边唠叨个不停。园花回忆起自己刚搬到共享住宅时，马上受邀参加各种活动，朋友也接二连三地增多，她不由得怀念起那种兴奋的感觉。当她离开那座共享住宅时，确实有种青春已逝之感。随着年龄的增长，她本以为不会再有那样闪闪发光的日子，但现在她又转变了想法，觉得也许并非如此。

"啊，茄子。隔壁的奥田太太在阳台上种菜，说是茄子大丰收。这个，你带回去吧，可以油炸了素卤，也可以放进咖喱里煮。"母亲将满满一袋茄子递给了园花。

"要说茄子，我最爱的是茄盒。"园花想起了母亲常做的菜。

"茄盒当然不错咯，但是有点费事。茶泡好了。我还买了蛋糕呢。"

在比老房子的那张餐桌要小得多的桌子前，她们相向而坐，一起品味着红茶。园花感觉，无论是对母亲，还是对她们母女来说，这都是新生活的开始。

充足的空隙

充足の
すきま

充足的空隙

新年伊始,山中珠实决定给自己买个电烤盘。在毗邻通勤车站的商厦里,她在一家杂货店中发现了一款漂亮的电烤盘。这将是她独立生活十八年来的第一个电烤盘。之前她也想过好几次,但因为是一个人住,朋友也不常来玩,所以一直没有买。

那款漂亮的电烤盘标明了是"单人用"。哎!原来一个人也能用电烤盘哪,珠实心下窃喜,就在下班的路上抱了一台回来。

两个月过去了,电烤盘一直镇守在被炉桌上。这天也一样,珠实买了鸡肉和蔬菜回来,在电视前一边喝啤酒,一边做起了韩式奶酪鸡。"哇——真好吃,太成功了。"她自言自语,大快朵颐。

珠实的母亲为人古板,酷爱整洁,对家人的管教非常严格。珠实会因为餐桌上没来得及收拾的学习资料和正在读的书而遭到斥责。父亲也经常会因为把脱下的袜子和衬衫随意乱丢而受到警告。由于在这样的环境中长大，所以珠实一直认为家就应该是那个样子，即使没人提醒，她也会自觉地把每件东西都各归其位。上初中时，她去朋友家玩，着实被那番凌乱无序的景象惊呆了。区区一个四口之家，却有数不清的鞋子在玄关摆了一地，桌子上乱七八糟地堆着吐司面包、袋装零食、付款单和报纸，椅背上满满当当，搭着好几件衣服。朋友递给她一包米饼，袋口敞开着，她到底没能下嘴。

上大学后，珠实搬到了东京开始独自生活。即使一个人住，她也依然会把房间收拾得整整齐齐，日子过得有板有眼。到家里来玩的朋友们众口一词，都觉得她太爱干净。

直到二十岁那年有了第一个男朋友，她才突然发现，鞋子不用全都收进鞋柜，地板不用每天都拿地毯刷滚来滚去，床也不用每天早上都铺得平平整整。她意识到，人不做这些并不会死，不但不会死，反而会活得更轻松。有男朋友相伴的那些自甘堕落的周末，她体验到了无上的幸福。

后来，经历了就业，被分手，部门调动，再次恋爱，再被分手，到了三十岁，她搬进了稍微大一点的房子，而如今，珠实逐渐认识到，自己其实是一个非常懒散的人。虽然那些会遭到母亲斥责的事情——洗好的衣服不叠，脏碗碟攒一堆再洗，买被炉桌，电烤盘一直放在被炉桌上不收——做起来尚需勇气，但与其惧怕并不在此的母亲的审视，她毋宁选择"轻松"。直到六年前她还有恋爱生活的时候，因为男朋友有时会留宿，她会每周做一次清洁，但现在，一个月她都不见得打扫一次。比如电烤盘，就因为一直摆在外面不收，所以她开始每天都自己做饭。蔬菜吃得多，皮肤状态也很好，最重要的是，她觉得很开心。

"明天做个蛋包面吧。"吃完饭，珠实自言自语地清洗着冷却后的烤盘，心头突然涌起一股不安。自己三十六岁了，一个人过得如此愉快和满足，是不是有点儿那个？她决定，不管怎么说，明天起码要把被炉桌上的被子收起来。

山中珠实知道，与周围的朋友相比，自己是一个相当老派的人。她的朋友当中，大概有七成不排斥相亲网站，有的人通过它找到对象，开始正式交往，有的人已经步入了婚姻。然而，珠实对通过网络和素不相识的人交流，进而在现实世界中见面，无论如何都抱有顾虑。

佐久间梨乃是珠实在大学时代相识、现阶段最要好的朋友。当珠实听说她也和相亲网站上认识的人开始交往时，觉得是时候摒弃自己陈旧的价值观了。她和梨乃及其男友三个人一起吃了饭。比梨乃大两岁的西城先生虽然算不上帅哥，但气质很好，不装样子，相处起来感觉安心又踏实。看到梨乃那么快乐，珠实也为她感到高兴。

在西城先生的鼓励下，珠实当场学习了使用方法，注册了相亲应用软件。真是一个全新的世界，需要输入的个人资料非常详细，可加入的社群从主流到小众无所不包，种类之多远远超出了珠实的想象，而且似乎还可以自己创建社群。不过这些社群并不像社团活动那样是用来玩乐的，而是要通过它们找到志趣相投的伙伴。

自从注册了相亲应用软件，珠实每天回到一个人的家，用买来的饭菜或电烤盘料理解决掉晚餐之后，不看电视也不看DVD，而是在网上浏览——准确来说是开始学习这个应用软件。

感兴趣的人就点个"赞"，如果对方回"赞"，就意味着配对成功，接下来就可以直接发送信息了。珠实也收到过"赞"，但她太紧张不敢回"赞"，不过，慢慢翻看他们的个人资料也很好玩。

珠实经常会不自觉地忘记找对象的目的，把社群当成她十几岁时在社交网络上玩过的那种可以分享兴趣和喜好的平台。她常常会想，如果对方是个同龄的女生，就可以轻松交谈了，那该多好。

当樱花开始绽放时，珠实已经与三个人建立了直接联系。

他们互动并不频繁，也没有商定见面，只是在 LINE 上保持往来，相互都抱着一种观望的态度。其中一个是彻头彻尾的户外派，和珠实在兴趣上似乎不太合拍，但照片拍得很吸引人。一个在电影和书籍的品位上与珠实相当契合，但总是有点怪怪的感觉。还有一个似乎对吃比较感兴趣，参与的社群也与珠实有高度重合，但个人资料中的那句"想就面汁的几种可能性展开热烈讨论"，让他显得有些斤斤计较。如果母亲知道珠实像这样想通过网络认识异性，肯定会勃然大怒。想到这里，珠实突然意识到，自己迄今为止一直对相亲网站敬而远之，或许也是由于母亲的影响。

缘分之种种

　　学生时代起的好友佐久间梨乃与在相亲网站上认识并交往的西城先生，如今已经发展到了谈婚论嫁的阶段，开始了同居生活。在黄金周假期接近尾声的时候，他们邀请山中珠实到自己的新居做客。
　　不管怎么说都太快了……虽然两人相识已有一年，但实际见面是在去年年底，二月才开始正式交往。现在居然开始同居了……谈婚论嫁呀……珠实带着内心的波动，在百货公司的地下楼层买了葡萄酒和糕点，换乘电车前往陌生的街区。二人把新家安置在河畔的一座低层公寓里，位于三楼的最拐角。一进门的玄关连着走廊，走廊的尽头是客厅，站在玄关就能看到满窗的河景。简短的寒暄过后，珠实惊呼着朝客厅的落地窗走去，嘴里连声赞叹："视野真是太棒了！"宽阔的河面在阳光的照耀下闪烁着粼粼波光。

"我们也是这么想的,所以当场就定了下来。"正在吧台式厨房里忙活的梨乃说道。

傍晚五点刚过,他们就举起了啤酒杯碰杯。桌上摆着皮蛋豆腐、凉拌海蜇、口水鸡和春卷等各种正宗的中式菜肴。

"今天的主题是中华料理。"梨乃说。

"等会儿还有蒸饺和小笼包。最后是粽子,留点肚子呀。"

"咦?梨乃平时做饭的?是西城先生做的吗?"珠实感到惊讶。她和梨乃每次都是在外面吃饭,平时也从未听她讲过做饭的事情。

"他读书的时候在意大利餐馆打过工,所以很会做饭。饺子和小笼包,连皮都是他自己做的。我现在正在学。这个春卷是我做的,不过是买现成的春卷皮。"

"欸?连饺子皮都是自己做的?真不好意思,大周末的给你们添了这么多麻烦。"

"没有没有,要不是周末,哪有机会做这些功夫菜呢?所以啊,我今天兴致很高。"西城先生笑着说,那种安心和踏实的感觉比初次见面时有增无减。

随着酒酣耳热,谈话也越来越没顾忌。

"话说回来,你们这么快就住到一起了,万一发现不合适可怎么办呢?"珠实直率地道出了心中的疑问。

"怎么说呢,虽然从第一次见面到现在才半年的时间,但我俩之前一直在 LINE 上互动，所以一见面，就感觉对方是个老朋友，老早以前就认识了似的。"

"初次见面，却像自小交好的友伴久别重逢。"两个人你一言我一语地互相补充着。

"我感觉梨乃的个性好像都变了。"珠实说。

"其实，在见到他的时候我也想过，到底哪个才是真正的我，连我自己都不清楚。也许，并没有所谓的真正的我，只是看跟谁在一起吧。人会因为对方而改变。"

"嗯……"珠实十分感慨，随后却不由得加了一句，"可是，我怎么只听出了秀恩爱的意思。"两人齐声笑了起来。

自从在梨乃和西城的新居里做过客，山中珠实就一直在思考缘分的问题。她一直以为，如果两个人谈得来，价值观相近，那么就说明彼此投缘。虽然她现在也这样想，但看到梨乃和西城之后，她又觉得不尽如此。

"要不是周末，哪有机会做这些功夫菜呢？"西城先生当时曾这样说过。因为休息日才想花时间做功夫菜，还是因为休息日才不想搞那么麻烦，这些微小的差异说不定更为重要。

在相亲网站上结识并开始直接交流的三位男性中，珠实和其中的两位见了面。她与在电影及书籍方面趣味相投的二宫先生一起看了电影，但两人观影后的感想却大相径庭。而且，珠实隐隐约约地感觉，也只能说是感觉，二宫先生在同一时期也跟其他的女性约会，在同一时期与多人建立了比较深入的关系，并不以为意。觉察到这一点，珠实就再也没跟他见过面。

而那位想就面汁的可能性展开热烈讨论的矢部先生，虽然并非珠实所担心的那样斤斤计较，但着装品位堪忧。不过，她自己也不善于打扮，也算不上美女，而且确实为人懒散，所以也没有资格对别人的品位横挑鼻子竖挑眼。因而，珠实和矢部先生吃过两次饭。今天已经是第三次了。第一次他们去了一家法式小馆，第二次是意式小馆，两个地方都不够接地气，所以当矢部先生提议这次去日式烤串店时，珠实同意了。

这家小店除了吧台只有四张餐台，店内烟雾缭绕。珠实和矢部并排坐在吧台前，手捧扎啤杯相互碰杯。他们各自点了自己喜欢的烤串，有葱烤鸡肉串、鸡脖、鸡肝、鸡臀尖、小甜椒和鹌鹑蛋。两人在食物的喜好方面非常契合，在习惯上也十分一致——都只喜欢吃自己点的，比较排斥"给我尝尝你的"，也不要别人的。烤好的串陆续端上来，放在两人中间的盘子里。珠实又注意到他们俩都喜欢拿起串直接吃，而不是先撸到碟子里再吃。两人边吃边称赞，还不断地点单加菜。虽然珠实还不知道自己是否喜欢矢部，也不知道两人究竟投不投缘，但一起吃饭倒是挺开心的。

"话说，"喝到第三杯啤酒，珠实开口问道，"你是休息日想在家里花时间做几道功夫菜的功夫派,还是因为休息所以想怎么省事怎么来的省事派呢?"

"啊?这也分派别?"矢部先生露出吃惊的表情,"我嘛,算是省事派的,不过,即使不是休息日,我也怎么省事怎么来,这样的话,我什么时候才能有机会做功夫菜呢……"他一本正经地开始思考起来,珠实忍不住笑了。

"矢部先生所说的省事料理都有什么?咱们来比一比谁的更省事吧。"珠实说道。

虽然现在还不知道自己是否会钟情于这个人,但只要觉得开心,而且对方也不拒绝的话,一起吃吃饭还是挺好的,珠实一边这样想,一边咬了一口刚刚烤好的鸡臀尖。

我的风格

一直以来，山中珠实都认为，想买新衣服是恋爱的征兆，想要认真减肥，就是已经坠入情网了。

跟相亲网友矢部吃过几次饭，虽然相处愉快，但珠实并没有心跳的感觉。自己没有隔三岔五地想起他，也没有在工作时突然想见到他；既没有想买新衣服的冲动，也没想减肥瘦身。所以珠实认为，这不是恋爱。

从珠实的公寓到最近的车站，沿路新开了一家小巧精致的餐吧。有一次，珠实懒得回家开火，就顺道走了进去。店内设有吧台座位和两张餐台，很紧凑。一对看上去与珠实年龄相仿的男女在吧台里忙碌着。珠实坐在吧台前，先叫了一杯卡瓦酒喝，然后点了小扁豆沙拉、蒜油海鲜、西班牙煎蛋卷。除了珠实，有个男子也坐在吧台位子上，另外还有两位年长的女士坐在餐台用餐。店内没有播放音乐，只有沙沙的雨声在室内安静地流淌。

趁着上菜，珠实又点了杯干白，吃着沙拉，品尝着馅料丰富的煎蛋卷，她心想：味道真不错，选这儿算是选对了，真想让矢部也尝尝。思绪转到这里，她心里突然一惊。

咦，怎么回事？怎么会突然想到矢部？想让他也尝尝是什么意思？哦，想让他尝尝，意思就是想听听他的感想吧。嗯，想听听感想，或者更准确地说，是想跟他一起边吃边夸。咦，想跟他一起边吃边夸，又是什么情况？这不算恋爱吧？但是，享受美食的时候，不会平白无故地想起不喜欢的人对不对？

珠实表情平静地吃着，内心却掀起万丈波澜，不断地自问自答。她拿起菜单，仔细研究了一番之后，又点了份生火腿可乐饼和鲜蔬炒鱿鱼。

"哇，太好吃了这个。""嗯，味道真不错。""哎，咱们喝个红酒吧，干红。""那，干脆叫一瓶好了。"

身后传来女客们的交谈声。珠实深以为然地点了点头。美味会在共同的赞美声中加倍美味。直到最近，珠实才有了亲身体会。老实说，是矢部让她体会到这一点的。虽然和好友梨乃吃过很多次饭，但她们总是把重点放在聊天和畅饮上，酒比菜香，话比酒多。跟其他朋友也是如此。珠实坐在吧台前，突然意识到，在自己以往的交际里，从未跟任何人仅仅因为彼此对食物的赞美而获得快乐。

难道这也算恋爱吗？也许对自己来说，想买新衣服的恋爱征兆仅在三十岁以前才会发生。而在过了三十岁的今天，渴望与某人分享美味的恋爱或许应该取而代之了。刚添的两个菜已经摆在了眼前，可乐饼里的生火腿锦上添花，鱿鱼柔嫩多汁，蔬菜的火候也恰到好处。啊，真好吃啊，好想与人分享这种感觉啊！今天就在这家新开的餐吧里尽情享受美食与美酒吧，从明天开始，减肥！

"请给我一杯红酒。"珠实点了单，心里有种跃跃欲试的冲动。

珠实和矢部面对面坐着，两人中间摆着年初买的那只电烤盘。看到矢部屈膝跪坐，珠实建议他随便点，矢部听话地放松下来，但不知不觉又恢复了正襟危坐的姿势。珠实掀开了电烤盘的锅盖。

"我觉得可以了，请吧。"今天的晚餐是鸡肉焖煎夏季时蔬。虽然只有这一道菜，但她准备了各种口味的蘸料：盐、烧烤酱、咖喱酱和果醋汁。

"我开动了。"矢部先生规规矩矩地双手合十，然后伸出了筷子，"嚯，真香，没想到只是焖一焖就能这么香。"

"是吧是吧？"珠实喜笑颜开，打开罐装啤酒，把她和矢部的杯子斟满。

那天吃完烤串后,他们又约会了几次。梅雨季节,他们去看了电影;梅雨过后,他们去了附近的海滩,不是去游泳,而是去参观水族馆。可是这些约会都谈不上有多开心。看电影的时候,矢部睡着了,海滩和水族馆也让人感到无聊。总感觉哪里不对劲,仿佛他们只是在有样学样地实践一种正确的约会方式。只有吃饭时间是愉快的。珠实想,她跟矢部不论是去风景名胜还是去泡温泉,肯定都会兴味索然。如果放在十年前,她可能早就不再见他了。但现在她认为,今后的约会以吃饭为主题倒也不赖。

"家母特别严厉,"珠实边喝啤酒边闲聊,"比方说吧,我把客人请到家里,却只准备了一道用电烤盘烧的菜,那明摆着是找骂呢,严刑拷打都不为过。不不不,我请男人来自己独居的家里做客,这行为本身就已经算是十恶不赦了。我做着一件件会惹怒她的事情,以前一直都提心吊胆,最近终于开始觉得痛快了。"

矢部认真地倾听。

"啊,对不起,瞧我,怎么说起这些叫人扫兴的话题。"珠实慌忙道。

"一点都不扫兴啊。"言罢,矢部向她低头行礼。"谢谢你,"他说,"明知道会惹怒令堂,但还是请我来吃饭,而且还特意做了电烤盘料理,真的谢谢你。"

珠实没想到他会这样说，忽然有点想哭。她急忙呷了口啤酒，拿起筷子从电烤盘中夹了一块烤得金黄的西葫芦，蘸了点盐送入口中。

　　"春天的时令蔬菜确实鲜美，但夏季的蔬菜也很好吃呀。"珠实一时不知该说什么才好，口中蹦出了这么一句。

　　"秋天号称食欲之秋，冬天的砂锅菜令人垂涎。"矢部接着她的话头继续说道。

　　坏了母亲的规矩不会死。不搞那些形式上的约会也能亲近起来。即使只有一道电烤盘料理，也能让对方吃得开心。

　　"我也要谢谢你。"珠实也坐正了身子，低下头去。

　　"哪里哪里，明明是我受了你的款待。"矢部边说边低头回礼。两人互相点头哈腰，很是滑稽，珠实笑了，矢部也憨憨地笑了起来。

她的菜谱集

彼女の
レシピブック

她的菜谱集

　　中月荣江的初婚，也是鸟谷良太的再婚。然而在商议婚事的时候，不主张办婚礼的却非良太，而是荣江。两人都已年过四十，而且荣江原本就是不喜张扬的个性。最后，他们请良太的父母、荣江的母亲坐到一起，五个人吃了顿饭。两人又挑了个日子，去区政所办理了结婚登记，除此之外没做任何特别的事情，荣江就搬进了良太住的公寓。

　　良太住的公寓，也是他和前妻共同生活过的房子。这样合适吗？虽然荣江的朋友和母亲都表示了同样的担心，但这座公寓距离车站只有五分钟的脚程，三室一厅，房龄十二年，再婚之际，良太特意进行了大规模的翻新改造，前妻的物品一件都没有，家具和餐具都是荣江和良太在装修结束后重新购置的。最重要的是，在天气晴朗的日子里，从阳台上可以看到富士山。从搬进来那一天起，一边遥望富士山，一边享用清晨的第一杯咖啡就成了荣江每日必做的事。

效力于进口百货店的良太和供职于建筑设计事务所的荣江,是通过工作结识的。由荣江所里的建筑师担纲设计的儿童设施,用到了良太公司的商品。他们认识的时候,良太已经离婚。两人开始约会后,在一次吃饭时,良太寥寥数语解释了自己离婚的理由:前妻与一个问路的游客陷入一场惊心动魄的热恋,如今和那个外国人一起住在维罗纳[1]。荣江听了纳罕不已。良太说,一切都发生得太突然,以至于他还没来得及明白发生了什么就闪电分手,日后才慢慢感觉到内心的伤痛,不过现在伤口已经愈合了。良太笑着说:"起码,我又能喝意大利的葡萄酒了。"就在那时,荣江立意要嫁给他。

夏日里的某天,荣江做清洁时,在卧室的书架上发现了一本古旧的小号速写本。刹那间,看不得和很想看两种心理同时涌现,她凭直觉猜到,这是前妻忘了带走、良太忘记处理的属于前妻的物品。

荣江终于按捺不住想看的冲动,轻轻地翻开了速写本。在已经变了色的纸上,用流畅的字写着的,是一道道菜谱。味噌煮南瓜:翻炒切碎的洋葱,加入南瓜……像这样记录了步骤,还附有插图。翻过一页,是信田腐皮卷、茶碗蒸蛋羹。有的页

---

[1] 意大利北部城市,盛产葡萄酒,莎士比亚《罗密欧与朱丽叶》的故事发生地,也被称作"爱之城"。

面贴着从报纸的烹饪专栏上裁下来的剪报。而在"食盐少许"或"人造黄油"等字样上画个叉,旁边标上"橄榄油"字样的,明显是另一种笔迹,文字的浓淡也有差别。也就是说,这应该是前妻的母亲送给女儿的一本自制的菜谱,前妻进行了适当的修改。从速写本中间部分开始的菜谱貌似出自前妻之手,也贴了一些剪报和不知哪里分发的菜谱卡片。

这样的东西,朋友或母亲想必会让她扔掉,但荣江却放下了正在做的清洁,专心致志地看了起来,越看越入迷。并且,她自己也无法解释心中为何会涌起一股暖意。

对于和自己的丈夫鸟谷良太曾经有过一段婚姻的女子,荣江几乎一无所知。荣江不知道她的名字、长相、确切的年龄,也不知道她从事什么工作,更不知道她究竟是怎样的人。良太在三十岁时结婚,三十九岁时,对方"与一个问路的外国游客陷入一场惊心动魄的热恋,离了婚,现在和那个外国人一起住在维罗纳"。荣江知道的,只有这个匪夷所思的情节,以及他们没有小孩这件事。

不去过多了解,就不会生出喜恶,也不会感到嫉妒。只是,出于一种八卦的心理,她有点想知道那段"惊心动魄的热恋"的究竟及其始末。

因此,对于这本在书架上发现的菜谱集,这本很可能是前妻母亲送给她的手抄本，荣江没有感到任何不适。看到她母亲亲授的菜式、烹饪专栏的剪报、她记录下来的做法，以及菜谱卡片，荣江的脑海中浮现出一个恋爱，结婚，满怀爱意为对方制作美食的三十岁左右的女性形象，心中涌起温柔的情愫。尽管这些最终都成了过去，但不可思议的是，知道这对夫妇在某个时期确实在以各自的方式关心着对方，对荣江来说是一种鼓舞。这本菜谱集充满了令人向上的关怀。

关于这个笔记本的存在，荣江没有告诉朋友，也没有告诉母亲，当然也没对良太提及，她静悄悄地把它放回了书架。

因为两人都经常工作到很晚，所以已经形成了一个习惯：平日的晚餐他们通常会买些现成的熟菜，时间合适的话会约着在外面吃，周末谁想做饭谁就做。在一个周日的下午，趁着良太出去理发，荣江从书架上抽出那本菜谱集，决定尝试一下前妻写的夏季时蔬西西里炖菜。从本子上可以看出，她试做过很多次，一开始写的是"蔬菜要油炸"，但画了一个叉，补写了一句"炒→每种食材分别炒再混合！！"。两个感叹号，俨然是在诉说成功的喜悦。此外，作为西西里炖菜的衍生食谱，同一页上还记录了焗通心粉、意大利面和咖喱的做法，配有插图。

把西西里炖菜、牛油果沙拉、煎鸡排和南瓜冷汤摆在桌上，荣江与理过发后神清气爽的良太面对面坐下，杯中斟上干白。两人碰过杯后开始用餐。荣江有一点紧张，不知良太对西西里炖菜会有什么样的反应。然而，他没有提出任何特别的意见，只是跟以往一样发表感想："嗯，这个很好吃！""配葡萄酒真不错。"

"这个菜，"良太吃着自己盘中的那份炖菜又开了口，荣江心里猛地一跳，抬起头来，只听他继续说道，"叫什么炖菜来着？好像叫什么普拉多？"

荣江想告诉他这是西西里炖菜，但突然想起那天良太笑着说："起码，我又能喝意大利的葡萄酒了。"于是她试探着说道："普罗旺斯炖菜？"

"对对，就是它。"良太频频点头，继续吃着。

"不知名的前任鸟谷太太，你好吗？生活得幸福吗？谢谢你的菜谱。"荣江在心中默默说道，呷了一口意大利出产的白葡萄酒。

前世与今生及夏天

每天早上六点钟左右,相马律都会自然醒来,刷过牙,洗过脸,拉开房间的窗帘,然后步行到海边。清晨的海滩上空无一人,只有狗儿在浪边奔跑。那些狗儿几乎全是散养的宠物狗,偶尔会有岛民和它们一起散步。

直面大海,律总是不知道自己身在何处。她现在生活在泰国的一个离岛上,但在此之前,她住在巴厘岛的一个小村子里,再往前是意大利的维罗纳,再往前是东京,继续往前推,则是与父母一起住在日本海海滨的一个小镇。只有在东京的大约十年的时间里,相马律冠过一个不同的姓氏——鸟谷。因为她嫁给了一个名叫鸟谷良太的男人。仅仅是六年前的事情,但对律来说,总有一种隔世之感。甚至可以说,日本海海边的小镇、巴厘岛的村庄,这些远方的生活记忆全都像是前世的经历。

在海边，什么也不做，只是看着狗儿嬉戏、太阳缓缓升起，看着海浪涌来又退去，律转过身，背对大海朝前走。通向码头的街道很不起眼，却是这座岛上唯一的繁华商业街，餐馆、纪念品店和旅行社一间挨着一间，但在早晨这个时段还很冷清。在主街旁的一条偏巷里，有一家没挂招牌也没有店名的小餐馆，由一位白发皤然的女性独自经营。这里从早上一直开到午市过后。律时不时会来光顾，吃一碗不带汤汁的干面当早餐。那是用中式面条煮制的一种口感甜辣的拌面，配有叉烧、鱼丸和香菜。

虽然除了点餐和寒暄，律从未与这位发色斑白的女性交谈过，但每次看到她，律都会产生一种错觉，好像她就是自己未来的模样。她一定也出生于异乡，在各种偶然、必然或宿命交织错叠的安排下，如今倚仗这家小餐馆为生，但三年后，她可能又会在别的什么地方开灶煮面。如果能用泰语流利地交谈，还真想跟她聊聊这些事，律一边想一边吃着。虽然意大利面也不错，但还是亚洲的面食对胃口啊，律在心中自言自语，付了账，说了句"阿洛——伊（好吃）"，便朝家的方向走去。

在鸟谷律时代，丈夫良太和律都很忙，但律在家庭责任感的驱使下铆足了劲儿，周末会做一些常备菜，工作日回家后就使用这些食材张罗晚饭。其实良太并没有这样的希求，但律总是自己跟自己较劲，到头来反倒觉得自己是被逼无奈。后来，她在路上偶遇旅行中的乔瓦尼，乔瓦尼向她问路，律把他带到目的地之后两人还恋恋不舍，于是一起喝茶、饮酒、K歌，并在第二天、第三天……乔瓦尼在东京逗留期间的每天都与她相约见面。那时，律想，终于可以摆脱了，终于可以摆脱那种被逼无奈的生活了。因为从头到尾都是由她自己发起，自己觉得被逼，自己觉得可以摆脱，又亲自摆脱，所以整件事都显得有些荒唐，想必也对良太造成了不小的伤害。不过话说回来，他也因此得以与她这种有被害妄想的妻子分开，未尝不是一件好事。律像在给自己找借口似的自我安慰道。

此刻，母亲给她的那本菜谱集，那个满载着母亲传授的菜肴和自己用心记录下来的菜谱的速写本，像前世的记忆一般浮现在律的脑际。那个本子到底哪里去了呢？

一进家门，她就闻到满屋的咖啡香气。无论在哪里，无论用什么样的水，乔瓦尼都能煮出香醇可口的咖啡。在这种琐碎的幸福中，律有一种预感，也许在未来的某一天，此时此刻也会像前世一样，在眼前重现。

乔瓦尼在泰国的一座离岛上开了一家餐厅，是用世界上最著名的意大利名字命名的，叫"马里奥比萨"。店里除了比萨，还提供意面和其他佐酒小吃及酒水饮料。因为店面开在通往码头的繁华街地段，开门伊始就宾客盈门。

律第一次见到乔瓦尼时，他就职于意大利的一家餐饮企划管理公司。在去东京考察兼观光的时候，乔瓦尼和律邂逅相逢。律结束了自己的婚姻搬去意大利，大约一年后，他们正式结婚，随后乔瓦尼便辞去了工作，在维罗纳的一家小餐馆里开始学习烹饪。恰逢朋友准备在巴厘岛开意大利餐厅，为协助开店，两人一起迁居巴厘岛，待那家餐厅的运营步入正轨之后，乔瓦尼和律商量了一下，又搬到泰国的这座海岛上生活。这是他们曾经一同旅行并爱上的地方。

律除了在餐厅帮忙，还每周一次搭渡轮去本岛学习染色工艺。用天然蓝草的叶子染布，制作披肩和手袋。虽然目前只是兴趣爱好，但她也粗略地在考虑是否有可能将其发展为事业。她以前从未想到自己会喜欢上这种手艺活儿。

像他们这样的移民在岛上不在少数。"马里奥比萨"的对面是一家摇滚酒吧，由一名澳大利亚男子独自经营，还有一家按摩店是韩国人开的，潜水用品商店里还有几个日本的年轻人在打工。在这座岛上，总弥漫着一种临时落脚点的氛围，每个人都像那家无名餐馆的老妇人一样，似乎几年后还要另寻他处。乔瓦尼和律也不例外，言谈之间，他们常会半真半假地说些"下次去东京开店吧""要么在游轮上工作一年怎么样"诸如此类的话。

餐厅晚上十点钟关门，然后两人吃晚饭。虽然常去别的餐馆吃饭，但有时他们也在自己餐厅背面的家里用餐。因为可以买到味噌和酱油，律有时会做一些偏日式的饭菜。有一次，律突然特别想吃素面，在岛上唯一的那家便利店找了一圈都没找到，却看到有面汁卖。她用细米线代替素面煮来当晚餐。吃着素卤炸茄子、烤玉米和素面，律忽然想笑。在她小时候，这是暑假里的固定菜单。当时觉得无聊得要死、永不到头的漫长暑假，现在回想起来，是多么温馨平和啊。这个岛上的日常正如那种暑假生活。尽管离家乡如此遥远，远得几乎超出了想象，她却感觉自己仿佛回到了一个熟悉的地方，真有些滑稽。

"怎么了，有什么好笑的？"乔瓦尼用日语问道。

"我突然觉得，这座岛有种暑假的感觉。"律说。

"你是指度假？"面对乔瓦尼的问题，她沉吟了一下，觉得度假跟暑假并不一样，但其中的差别别说用英语，就是用日语都很难说清楚。律含糊地答道："嗯，差不多吧。"她继续吃着面条。离开日本已经六年了，律第一次充满深情地怀念起自己离开的城市，怀念在那里度过的繁忙岁月。

菜谱之旅

一家主要经营亚洲调料的公司为推广自家产品举办烹饪比赛,正在公开征集菜谱。荣江在网上看到了这则新闻,好奇地扫了几眼便一划而过,过后忽然想起,开始考虑什么样的菜谱会比较有趣。

去年(2020年)新冠疫情暴发,本以为今年会得到控制,未料到感染人数起伏不定,紧急状态一会儿宣布一会儿解除,反反复复。荣江和丈夫鸟谷良太去年几乎都是居家办公,自今年起,良太每周有一半的时间去公司办公。在建筑设计事务所任职的荣江现在依然是每个月去公司上几天班,其他时间一直远程工作。

她把客用和室的拉门关上,把这里当作工作间,但较之在办公室里做事,远程工作很难集中注意力,经常做着做着忽然发现自己正在读某人的博客,或在网上看新闻,再就是不知不觉地刷起了猫猫狗狗的短视频。

在良太去公司上班的某一天，荣江吃着简单的午餐，心中忽然闪过一个念头。她从书架上拿下一本旧的菜谱集。这是良太的前妻留下的一个速写本，里面记录着前妻的母亲和她自己的菜谱。荣江在翻看这本笔记时，想起了那个比赛。荣江想，在烹饪方面并没有太多自信的自己，之所以能记得那个比赛，或许是因为这本菜谱集的存在。

在貌似前妻的母亲写下的菜谱里，记载着一些相当古老的菜名和荣江不知道的菜式，其中有一道叫作"虾多士"。根据手写的烹饪方法，是将鲜虾擦成虾蓉夹在主食面包中炸制而成，页面上还有前妻的笔迹，写着"+美乃滋、洋葱碎、鱿鱼也 OK"等字样。荣江上网搜索，发现虾多士好像是长崎的一种地方美食，在明治时期由中国传入日本。前妻的母亲是长崎人吗？还是说，这是在其他地方学到的？

关于前妻留下的这本菜谱，荣江平时会忘记它的存在。不过，虽然与良太结婚已经五年，她偶尔还是会想起它，她自己也不知是什么原因。只是每当荣江想起时，自己独身时代旅行过的各个不同地方的景象就会浮现在眼前。悬崖峭壁下的大海、红叶遍染的群山，抑或是闹市中平凡无奇的一角——已经记不清是哪里的景象。无论在哪里，周围总有人生活着。即使习惯、日常饮食和语言都不同，但生活大体上是相同的。每幸存。而律早上经常光顾的那家无名面馆，本来就不是以服务游客为主的，所以并未受到疫情的影响。沉默寡言的霜发妇人也一如从前。

律在本岛习得了蓝染的手艺，经师傅的推荐，虽然规模不大，但她的产品已经分销到了海内外的几家店铺，并开始在网上销售。在疫情暴发前，她还计划在东京举办一次展览会，借朋友经营的画廊兼咖啡室展出一个月。结果，展览会和期待已久的归国，全都被无限期地推迟了。

在没有客人的闲暇时间里，丈夫乔瓦尼会尝试开发新的菜式，或者和相识于岛上的移居者一起去钓鱼。律则专注于蓝染，并创建了自己的网站。

律上网的时间比以前要多。某日，她在主屏幕上显示的小条幅中，看到一则新闻，是关于日本的某家亚洲食材公司举办的烹饪大赛。第一轮比赛已经结束，选出了优秀、佳作和其他入选的菜谱。律想到这可能会对乔瓦尼的菜式创意有帮助，便点了进去。优秀作品是用牛油果、培根和辣椒油制成的咖喱角配甜辣酱。其他菜谱大多平平无奇，没有特别新鲜的创意，但其中一个入选作品引起了她的注意。

萝卜虾多士，将鲜虾和鱿鱼剁成泥，用粗眼擦菜器擦出萝卜粒，与小葱、红薯淀粉、鱼露混合在一起，夹在切薄的萝卜片中，油炸。获奖者鸟谷荣江介绍说，这道菜的灵感来自长崎次旅行，荣江都会有这样的感慨。工作、购物、吃饭、共同欢笑，一起生活，又因为各种原因而分离，就这样日月轮回，周而复始。

荣江感觉，也许这本陌生人的菜谱集，也类似于那些景象，仿佛让她触摸到了陌生城市中永远不会相遇的陌生人的市井人生。

初次听闻的虾多士，自己要不要试做一下呢？不，最好先尝过真正的味道以后再做。或者，就在不知原味的情况下，对这个菜谱稍加改进，拿去参赛吧。把这道从遥远的中国传来的美味，再一次送往亚洲。

菜谱集静静地摊开在桌面上，荣江将目光移向窗外，碧蓝的天空纤云不染，辽阔无边。

据说下个月，访泰的旅行者在入境前或者抵达后将不再需要核酸检测，入境后也不再需要隔离了。自从新冠疫情在全球范围内蔓延，这两年的时间里，游客人数急剧下降，一些店铺不得不关张歇业。通往码头的繁华商业街变得冷冷清清。即将放宽入境限制作为一条久已未闻的好消息，成为附近各店中的热门话题。

不过，在去年，很多无法出国旅行的本岛居民都涌向本国的度假胜地，律的丈夫经营的"马里奥比萨"得以在闭店潮中料理。

　　鸟谷是律曾经用过的姓氏，难道她是前夫的再婚对象？哪里有那么巧的事，她马上推翻了刚冒出来的想法。事实上，她根本不知道前夫是否已经再婚。而且那些都不重要，她的注意力主要集中在"虾多士"这个菜名上。那是母亲经常做的一道菜，将虾蓉夹在面包中油炸。母亲说那是她新婚旅行到九州时吃到的，一下子就喜欢上了，自那以后，虾多士、芝麻鲭鱼、团子汤便常常出现在家里的餐桌上。或许因为虾多士的名字比较特别，所以与其他的地方菜相比，更显得与众不同，律很喜欢吃。结婚以后，律还做过改良版的虾多士。对了，加了美乃滋和鱿鱼。

　　买些虾和鱿鱼试做一下萝卜虾多士吧。岛上的海鲜很受欢迎，等到观光业重启，游客都回来之后，说不定会畅销。"谢谢你，鸟谷荣江，虽然我们素不相识。"律在心里默默道谢，开始动手抄下那份菜谱。

欢迎来到烹饪界

ようこそ
料理界へ

欢迎来到烹饪界

栗本纯也开始学做饭是因为交往了三年的女朋友把他给甩了。虽然他没有明确地求过婚，但两人都已经三十好几了，纯也认为他们总有一天会结婚。所以当她提出分手时，他大感诧异。

"为什么？如果我哪里不好，你就说出来，我改，我会努力的。"纯也并不想说这些话，但在诧异之余，他如同抓到一根救命稻草般惶然说道。毕竟，在这三年里，他们连架都没吵过。

"我看不到未来。"这是她的回答。

"'未来'，你是指什么？我有打算结婚啊。"他不假思索道。"问题就在这里。"她平静地说，"我无法想象婚后跟你一起生活的样子。如果硬要去想，只会出现一种画面：我做家务忙得团团转，你呢，一直捧着手机在打游戏。"

纯也意识到，自己确实在很多事情上都太依赖她了。他道歉，保证以后会做家务，不再玩手机。奈何她心意已决。或许她又喜欢上了别人也说不定，但他不愿深究。那只会让他的处境更难堪。

分手后，有好长一段时间，周末和不加班的日子他都在昏睡中度过。无休无止地睡，多久都睡得着。就在梅雨季节即将结束时，他突然觉得这样下去不行。纯也振作起来，加入了健身俱乐部，并开始学做饭。

"对烹饪新手来说，最重要的是不可过于自信。"纯也的朋友杉田大树如是说。纯也这位学生时代的朋友虽然是IT公司的一位白领，但做的菜却可媲美专业厨师。他很认真地对纯也说："第一条，要绝对忠于菜谱。就算你觉得菜谱不对，也不要自己随意发挥。切忌自以为是，觉得加点大蒜会好吃，或者没有料酒就干脆省略。"大树送给他一本面向初学者的菜谱书，书中有很多精美的图片。封面上用记号笔写着：欢迎来到博大精深的烹饪界。

纯也以前从未做过饭，所以调料和炊具都需要一件件备起。听从大树的建议，他严格按照菜谱做了一道回锅肉，焖了米饭，用颗粒状的汤料煮了味噌汤，还用切好的蔬菜拌了个沙拉。虽然花了一个多小时，但成果惊人。遵照菜谱来做，回锅肉果然像模像样。

星期天的下午，在自家的餐桌上，纯也一个人喝着啤酒，吃着自己做的回锅肉，不停地发出"啊啊"的赞叹。一开始他还边吃边看棒球比赛，后来为专心享用美食，索性关掉了电视。他突然想起，在前女友家里，她做的晚饭，他都是边看电视边吃掉的，想起来真是太没礼貌了。也不是什么他特别想看的电视节目。她从没为此生气过，或许因为那时她就已经对他失去了信心。说起来，自己被甩也是活该。纯也吃着回锅肉，深刻地认识到了这一点。

自那以后，纯也迷上了烹饪，兴味盎然地沉浸其中。他在文具制造公司的企划开发部工作，不加班的日子，下班后他会顺便去超市购物，周末健身结束后，他也会上街采购食材，做一人份的晚餐。他对自己的无知感到惊愕。在此之前，他不知道葱有大葱、小葱之分，不知道混合肉馅是指牛肉馅和猪肉馅的混合，更不知道食用油的种类多到令人眼花缭乱。

而且他发现，烹饪本身也能成为心情的转换开关。下班回家做饭，开会时的烦闷情绪得以缓解，心情变得畅快。周六和周日的烹饪，也让他忘记了前女友离开后的寂寞和无聊。

最了不起的是，只要按照菜谱来做，就准能成功。当然，做出来的菜可能没有菜谱书上那么漂亮，有的菜还是外面餐馆里的更好吃，但是，想做汉堡肉排就能做出汉堡肉排，想做味噌煮鲭鱼就能做出味噌煮鲭鱼。这让纯也深受感动。

131

"不必使用高级食材。不必出于好奇备齐全套香辛料。尽量保持简单。"这是杉田大树的第二条忠告。的确,刚掌握基本的烹饪技巧,纯也就开始蠢蠢欲动,不是想用高级和牛卤牛肉,就是想挑战从香辛料开始熬制咖喱。但他强忍住了这些冲动,谨遵大树"坚决以家常菜为重"的谆谆告诫,继续做他的普通餐食。

一个周日,他焖了一锅秋刀鱼饭。饭后,他本来想把没吃完的冷冻起来,忽然灵机一动,觉得做成便当或许也不错,就这样,第二天纯也带着饭团去上班了。午餐时间,他去便利店买了沙拉和汤,回来坐在自己的办公桌前准备开饭,一个后辈同事过来对他说:"便当小组都在会议室呢,您要是不介意,就一起来吧。"纯也跟着她去了会议室,见几个同事正在那里吃便当,男男女女或老或少,共六个人。

"栗本先生,那是什么饭团?"一位女前辈问道。"秋刀鱼饭。"他说。

"看上去味道不错呀!是秋刀鱼和米饭一锅焖,还是烤好了秋刀鱼再跟米饭拌在一起?"一个去年入职的男同事问道。

"非常简单。先掏出秋刀鱼的内脏……"纯也一边说明,一边朝大家的便当看去,真是琳琅满目。有中规中矩的炸鸡块煎蛋卷,有盖浇饭便当,有干拌担担面,还有保温杯汤加汉堡。"这汉堡是自己做的?"他不禁好奇地问道。

"汉堡的面包是买的，吃的时候把昨晚剩的凉拌卷心菜和肉铺做的炸肉饼直接一夹就行，现夹现吃。"说话的是一个他以前从未交谈过的男同事。

便当界也有这么多门道啊。纯也感觉自己的心里又开始蠢蠢欲动。

带盖浇饭的女同事仿佛看穿了他的心思，说道："做便当，关键是要省事。要是决心每天都做，可就够你累的咯。"

"受教受教。"纯也忙道。笑声在便当小组中传了开来。

深入烹饪界

沉迷于烹饪的栗本纯也，在早晚天气转冷的时节，终于开始感到些许厌倦。

"不要把烹饪当成义务。适当糊弄、下馆子、买熟食是长期坚持的法宝。"这是纯也的朋友、烹饪爱好者杉田大树的第三条忠告。

的确，在不用加班的日子里，买了菜回到家，一边喝啤酒一边烧菜对转换心情来说再合适不过。一个曾经与烹饪无缘，连"混合肉馅"的意思都没考虑过的人，在短短六个月的时间里，已经会烧各种各样的菜式了。当然，如果没有菜谱的指导，纯也依然什么都不会做，但他现在能够徒手剖沙丁鱼，这个秋天，他还买来鲑鱼籽用酱油腌制。每周，他都会带三次或四次便当，虽然基本上是以前一天的剩饭为主。

可渐渐地，他开始把做饭当成一种负担了。在下班路上一想到冰箱里的存货,他就觉得好麻烦。萝卜、半颗洋葱、番茄、菠菜,这些东西再不吃就要坏掉了……他一边想一边在心中安排食谱,心情也跟着低落下去。必须想办法把剩余食材用掉,这种思维使做饭终于变成了大树所说的义务。

"确实如此。食材就是无限循环。比方说吧,因为家里有萝卜、菠菜和生菜,你可能会买些鲥鱼、培根,再买点黄瓜,然后做个萝卜炖鱼,炒个菠菜,拌个沙拉。做完这一餐,培根和黄瓜又剩下了,你就会想,嗯,今天再买点芋头和豆芽吧……就这样,一直循环下去。"

便当小组的荒木真梨惠深有感触。这位公司前辈家里有上中学和小学的孩子,每天早上都要为丈夫和中学生做便当,再加上自己的,一共要做三份。

"如果有孩子那是不容易,但我和栗本先生都是单身汉,所以也没必要做得那么讲究。"说这话的是后辈同事日野智。他今天带了鲭鱼三明治便当,是把罐头鲭鱼和买来的凉拌卷心菜夹在吐司片里做成的。

"常备菜也是,刚开始做的时候还挺开心的,可一旦变成义务,就相当辛苦。"总是带盖浇饭便当的松村花菜刚说完,突然想起来什么似的又跟了一句道,"哦,对了,昨天我烤了个'巴斯乳',第一次烤。请大家饭后尝尝看。"一时间欢呼声四起。

虽然会议室的便当小组成员不是固定的，但基本上就是那几张熟面孔。最近，纯也被默认为小组的一员。尽管没有明确规定，但午餐时间里，大家吃着各自的便当，喝着茶，从来不谈论工作上的事情，聊的都是关于烹饪的话题，或者讨论公司附近的餐馆哪家味道比较好，再就是交换一些熟菜店的信息。纯也吃着分给自己的那块巴斯克乳酪蛋糕，笑得有些拘谨，他觉得这简直就像是一个小型聚会，不过，这样和谐的时光对他来说也是一种小小的放松。

收拾好随身物品，刚走进电梯，就见盖浇饭小姐松村花菜跑了过来，纯也赶紧按住正要关上的电梯门。

"谢谢。"花菜进了电梯说道，"收工了？"

"嗯。谢谢你今天的乳酪蛋糕。"纯也说道。花菜瞥了一眼手表，微笑着说："回去的路上，要不要一起喝一杯？"

在距车站不远的日式烤串店店外的露天座位上，纯也和花菜相向而坐，喝起了扎啤。看着菜单的花菜突然说道："哎，这里有鸡翅中。我可以点一份吗？"她举手招呼服务生。

吃着各自点的烤鸡串和炖鸡杂，纯也慢慢地对花菜多了些了解：花菜比他小三岁，在总务部工作，成长于父母工作经常调动的家庭，所以没有哪里称得上故乡。

"栗本先生，您是今年突然加入便当小组的吧？"花菜突然想起了什么似的问道。

"在梅雨季之前,我被女朋友甩了,然后就开始了做饭和健身。"纯也谨慎地斟酌字句,以免聊天的话题变得太沉重。他把自己的料理顾问大树的话告诉了花菜,花菜听后十分感佩。

吃是吃饱了,但纯也还想再喝点什么,其实他更想继续和花菜聊天。纯也看着菜单。

"鸡翅尖和鸡翅中有什么区别吗?"纯也想起刚才花菜的话。

"烤串店通常是用鸡翅尖,鸡翅中不太常见。真可惜,那么好吃的东西。"

"哦?原来鸡翅也有不同种类啊。那那个呢?就是经常在生日会上出现的那种。"纯也问道,见花菜一歪头,表情有些困惑,他补充道,"就是那种带骨头的,把儿上还有装饰。"

"哦,那是鸡翅根哪。那个把儿不是天然就带的,厨师为了让吃的人方便拿取,会像这样在肉上划开切口,做成郁金香的形状。"

"欸,原来是这样啊,真没想到。"纯也想起小时候的生日会,不由得感慨万分,原来那是他的母亲特意做出来的,"唉,说起来,以前吃什么都觉得理所当然。"

"您以前很喜欢吃鸡翅吗?生日会上都经常出现。"花菜

137

的脸上带着对自己往事的怀念,又点了一杯啤酒。然后,他们兴致勃勃地开始讨论各种适合鸡翅的菜肴。纯也也叫了一杯啤酒,顺便点了一份翅尖和翅中。

三杯啤酒各自落肚,结完账,他们向车站走去,因为喝了酒,所以一点都不觉得冷。月亮高高地挂在天空。"欢迎来到博大精深的烹饪界。"大树在菜谱的封面上写了这句话,现在,纯也终于承认,烹饪的世界确实广阔而深奥。如果没开始做饭,他也不会像这样和公司里的后辈一起喝酒聊天,也不会喝得这样兴致盎然。

"咱们便当小组,年末要能吃一次砂锅炖菜就好了,在会议室里。"花菜仰望着夜空向前走着。

"嘿,好主意呀。咱们提个建议吧。"如果没开始做饭,他也不会对这样的事情充满期待。

"那么,明天见咯。今天多谢款待。"在地铁站的入口处,他们行礼告别,花菜朝另一个入口走去。目送着她的背影,纯也也通过了检票口。

所谓烹饪界……

在公司里已经被默认为便当小组成员的栗本纯也,与后辈同事松村花菜在日式烤串店中聊得兴起,想号召便当小组年末时搞一次炖锅聚会。可是纯也转念又想,几个性别、年龄、所属部门都各不相同的人,只有带便当这一个共同点,说不定会有意识地避免相互之间过于亲近,因此炖锅的建议被他搁置了下来。

原因在于,在加入便当小组之前,就连纯也自己也是那种私人时间不想与公司同事搅和在一起的人。至于产生这种想法的缘由,现在即使让他回想他也想不出个所以然。

"也许是因为刚入职时,我有种挫败感吧。"纯也对花菜说道。

"'挫败感'?败给谁呀?"花菜问道。

"不是针对某个具体的人,倒像是针对自己进入了某个组织这件事情本身，感觉自己输了。我感觉虽然自己被纳入了组织，但我的自我并不在那里，或者说，我曾经以为，如果私人时间也要跟同事搅在一起，那我就不剩下什么了。"

自从一起吃过烤串，纯也开始每周一次，在下班之后和花菜一起喝酒。这恰恰就是在私人时间与公司的同事搅和在一起，但纯也并不像年轻时那么抵触了。甚至可以说，与花菜一起浅酌慢饮，聊一些有的没的，让纯也感觉很快乐。虽然他们隐约觉察到了彼此对对方的好感，但眼下谁都没有主动让关系更深入一步，这种感觉令人舒适。

"说到这个，栗本先生的那位烹饪导师，最近有给你什么指导吗？"花菜用筷子夹开关东煮里的萝卜，问道。

身份虽然业余，烹饪水平却很专业的朋友杉田大树，从纯也开始学做菜时起就一直给他简明而中肯的忠告，前段时间曾告诫他"不要把烹饪当成义务"。就在最近，大树又说了这样一句话："想吃的饭菜饱足口腹，想做的饭菜富足心灵，两者缺一不可。"

"嚯！好厉害啊，太有哲理了！"花菜的眼睛睁得大大的，"以前从来没想过，这么一说还真是，想做的菜不一定就是想吃的菜。太深刻了。"看着她认真的表情，纯也笑了："深刻吗？"

两人各喝了一杯扎啤，分享了四壶热酒，结束了这天的小聚。像往常一样，他们一起走到地铁站，然后告别。

"关于炖锅的建议，下次我试着提一下，如果大家不是很感兴趣，我们就两个人吃炖锅吧。"分手时花菜这样说道，然后笑盈盈地转身走了。

"两个人吃炖锅。"纯也默默地重复了一遍这句话，不由得怦然心动。他赶紧对自己说："不，不过是像现在这样下班路上去居酒屋吃个炖锅而已，她只是这个意思，嗯，没错没错。"穿过检票口，他自顾自地点点头，脸上露出苦笑。

临近年关，还没等松村花菜提出在会议室吃炖锅的建议，公司前辈荒木真梨惠就提议搞个圣诞聚餐，大家分别带食物过来。纯也本以为松散的便当小组不会喜欢这种"全体人员""团结"之类的活动，但令人意外的是，多数人对此表示赞成。"这个主意很好哇。每人只带一道菜，要比做便当轻松多了。""确实不错，便当小组的忘年会[1]也可以顺便一起搞了。""如果在周一办，前一天就有时间准备，跟周中比，还是周一合适。"就这样，他们决定在圣诞节前的周一中午举行带餐式圣诞聚会。真梨惠说："即使菜式有重复，但因为调味各有千秋，反而更有意思。"根据她的建议，大家一致决定不指

---

[1] 日本各组织机构在年末举办的宴会，意在忘记这一年的苦恼。

派任务，没有谁负责主菜谁负责蛋糕之说。纯也有生以来第一次请别人吃自己做的菜，他跟朋友大树讲了聚会的事，向他征求意见，看做什么菜比较合适。

"圣诞节的话当然要吃鸡咯，如果是在会议室里吃的话，又要切又要分的比较麻烦。你不妨用鸡翅根，做成日式口味怎么样？"在居酒屋的吧台前，大树对坐在旁边的纯也说道。

"鸡翅根，就是那个吧，生日聚会上的。"

"骨头把儿上再加个圣诞图案的装饰，就更有氛围了，卖相也很重要。还有，每个人的口味都不一样，不要因为没有受到所有人的欢迎而失去信心，相信自己就好了。"大树又一次提出忠告。

大树讲了讲鸡翅根的处理步骤，又传授了一道山椒烤鸡的烹制方法，作为感谢，这日小聚由纯也买单。

"对了，我把你的那些忠告对便当小组的女孩子讲了，她佩服得不行，说你的话有哲理。"纯也在去车站的路上说道。大树并没有笑，而是一本正经地说道："烹饪就是哲学。"

素来冷清的会议室那天热闹非凡。大家带来的菜品还是以鸡肉为多，有炸鸡、香草烤鸡、味噌烧鸡，口味各不相同，再加上纯也的日式风味，俨然一场全鸡盛宴。此外再加上炸薯条、西班牙煎蛋饼、素卤菠菜等各种配菜，色彩煞是鲜艳。活动发起人真梨惠烤了圣诞树干蛋糕带来。大家采用自助餐的形式,每人都拿着纸盘,随便选取自己喜欢的菜,开心又热闹。大家正吃着,明明没有喝酒,但见到路过的同事探头往里看,就立刻盛情邀请,也不知是哪儿来的兴致。不知不觉间,许多人聚集在会议室里,互相交流着对食物的看法。

"炖锅计划没实现,下次我们两个人吃。"借着高涨起来的热情,纯也对花菜说。

"好哇好哇,就这么定了。请你的烹饪导师传授一些独特的炖锅菜谱吧。"花菜说道。

烹饪方面的建议不也同样适用于人际关系吗?搞不好在恋爱方面也很适用呢。纯也端着纸盘,突然有了这个想法,他决定今晚在做饭的时候深入思考一下这个问题。

重在底味

だいじなのは基本の調味料

重在底味

人在一生当中会遭遇好几次厄年[1]，但当得知自己虚岁三十三岁的今年似乎是灾厄最严重的一年时，大林奈沙虽然怕得直抖，心中却也深深认同。

奈沙是一个默默无闻的演员，隶属于一家演艺制作公司，主要参与舞台表演。直到三年前，她还在学生时代与朋友共同创办的剧团里演出，后被星探挖到了演艺公司。有了公司的保障，她的工作和试镜机会明显增多，看起来一切都顺风顺水。但是，今年以来，她先后在好几次试镜中惨遭淘汰，八个月的时间里，她只是在电影和电视剧里当个群众演员。

年初，她与剧团时期的男朋友分手，因为是自己提出来的，所以奈沙没有任何留恋。但在六月，当听说前男友要与她

---

[1] 日本人认为容易遭受灾厄的年龄。

也认识的一个后辈结婚时，不知怎的，她一下子变得很气馁，到现在也没能从这种情绪中走出来。

自知不能再这样下去，从七月起，她开始定期出入美容院，还提高了去健身房的频率，为了不让自己闲下来，她还找了份短期兼职，重新布置了房间，去看电影和舞台剧。但在偶尔有空时，她会去搜索公司同事和以前同在剧团里共事的朋友们的社交媒体，看着他们五彩缤纷、快乐充实的生活，心中不由得叹息。她感觉只有自己一个人待在黑暗的谷底。

奈沙算过运势，占卜师说她不适合当演员。当她无意中提到这件事时，樋口莉桃说她"好像整个方向都搞错了"。莉桃是她高中时代就认识的好朋友，大学毕业后在市内的一家住宅公司工作，五年前结了婚，三年前怀孕后辞去工作，现在在家专心照顾小孩。奈沙只肯对莉桃倾诉烦恼，因为莉桃是个性格直爽、毫不造作的人。在莉桃的家里，两人面对面坐着，她们之间的桌子下面为了接食物残渣铺着报纸，待洗的衣物在客厅的一角堆成小山。莉桃素面朝天，背在背上的五个月大的儿子正在酣睡，即将三岁的女儿在用平板电脑看动画片。

"占卜师啊，算命先生啊，都跟你素不相识，一个对你一无所知的人要你放弃当演员你就放弃？奈沙，世人总爱说什么素材很重要，鲜度很重要，但真正重要的是基础调料，关键就在底味！"莉桃在满是食物碎屑的桌面上探出身子，语气坚定地说道。

"啊？你在说什么？"奈沙问道，"做饭？"

"美味佳肴，秘诀在于最基础的调料调出的底味。所以我在调料上一点都不小气。做饭是这样，人生也一样，关键不在素材，也不在年轻不年轻，而在于你能拿出多大的诚意去做你想做的事。你需要关注的不是别人的社交媒体，也不是占卜算卦，而是要回归基本。"

奈沙明白莉桃想说什么。她迷上戏剧是在高中时代，莉桃有时也会陪她一起去看演出。莉桃指的正是这个。

高一那年夏天，奈沙的母亲在街边的抽奖活动中抽到两张戏票。因为演出时间是在工作日的白天，父母都要上班，去不了，奈沙就叫上刚上高中就和自己成为好友的同班同学莉桃，一起去市民会馆看戏。当时，无论是对那个名叫"小松座"的剧团，还是对编剧井上厦其人，奈沙皆一无所知，但她看着看着，就感觉自己的灵魂仿佛被抽掉了似的，直到掌声响起，演员谢幕的时候，她才终于在泪水中回到现实。

回家的路上，两人进了甜甜圈店，奈沙难掩兴奋，喋喋不休："真厉害，太厉害了，剧场艺术真是了不起，跟电影不一样呢！说不出是哪里了不起，但就是觉得了不起。"暑假时，莉桃把一套四十卷的漫画《玻璃假面》装在纸袋里，拎到奈沙家。初读此书的奈沙和看过又重读的莉桃坐在冷气开得很足的客厅里，忘我地沉浸在这部著名的戏剧漫画中。不知不觉间天就黑了，屋里也暗了下来，书上的字都看不清了。

奈沙一查才发现，东京有各种各样的剧院，上演着形形色色的剧种。到她这座小城的市民会馆来演出的舞台剧，只是沧海之一粟，九牛之一毫。奈沙开始在快餐店打工，去市民会馆看戏，存够了钱就当天往返东京观剧。

虽然没像奈沙那样沉迷，但莉桃时常会陪她一同去市民会馆，偶尔还会陪她去东京看戏剧演出。2005年暑假，奈沙在涩谷看了一出舞台剧，在触电般的震颤之余，她决定将戏剧从爱好变成志向。她把升学的第一志愿改成开设了戏剧专业的大学，开始拼命地学习。父母并没有反对她更改志愿，而是支持她的选择，他们以为她选择戏剧专业是为了学习剧场艺术，根本没想到她是为了成为演员。

"'我的生活就像是我的便当。'那时，奈沙是这样说的吧。"身背婴儿的莉桃道。如今，她们的年龄都已增加了将近二十岁。"你当时说，一看到戏剧演出，就会忘记自己棕色的生活，忘记那些不足为外人道的、平凡暗淡的日子；回家的路上，心情变得好似彩色的便当。"

"我也记得莉桃当时是怎么说的，"奈沙探出了身子，"你笑着说，好吃的东西全是棕色的，所以，棕色便当所向披靡。"言毕，奈沙突然眼眶一热。那些分食着两支装的棒棒冰走在田间小路上的夏日,那个曾经无聊、朴素而又逼仄的狭小世界,如今却出奇地令人怀念。

"是啊,好吃的东西都是棕色的呀。汉堡肉、炸鸡块、土豆炖肉、腐皮寿司,全——都是棕色的。"莉桃笑着说。在奈沙看来,那笑容和高中时别无二致。

如今奈沙已经明白,当戏剧成为职业时,世界就与彩色的便当相去甚远了。为了呈现一台精彩的戏剧演出,需要日复一日地穿着运动服排练。

"莉桃,下次把娃娃们交给爸爸,咱们一起去看演出吧。"奈沙说。

"好哇好哇,偶尔我也想打扮得漂漂亮亮的出个门呢。"莉桃说。

"野野花也要去——!"眉眼酷似莉桃的大女儿从平板电脑上抬起头来嚷道。

各自的日常

结伴看戏的约定在九月末的一个星期六实现了。她们约好在下北泽车站前会合,离约定的时间已经过了五分钟,莉桃还没出现,奈沙不停地确认着手机上的时间,正考虑是否要打个电话时,莉桃终于出现在她面前。"抱歉,我迟到了。"莉桃说,"这里怎么回事,完全不像是我认识的车站哪!那些小巷子,还有那些迷宫似的地方怎么不见了?"

"咱们快去剧场吧。"奈沙领着还沉浸在惊讶中的莉桃,在前面加快了脚步。

人生重在底味。莉桃充满自信的言辞说服了奈沙,她不再去算命,不再去美容,也不再去刷社交媒体。除了戏剧制作公司的课程,她还参加了一些公开招募的培训,开始锻炼身体,塑造体态,比以往更多地鉴赏电影和戏剧。她将打造基础体能和重返热爱戏剧艺术的初衷作为优先目标。虽然不能说一下子就时来运转，但较之与莉桃谈心之前，她的精神状态已经稳定了许多。出于感激，今天的门票是奈沙请客。

"好——久没化妆，好——久没搭电车了，我是不是有点怪？"都坐到座位上了，莉桃嘴里还在唠叨个不停。

"手机关了吗？"奈沙提醒她。

"啊，对对对，是有这样的规定呢！"莉桃赶紧掏出手机。

这场由年轻偶像担纲主演的舞台剧，加上十分钟幕间休息，共上演了两个半小时。休息时间一到，莉桃马上打开了手机。好像在等着她开机似的，立刻有电话打了进来。莉桃慌慌张张离开座位跑到大堂，直到幕间休息快结束时才回来，她抱怨道："隼斗哭个不停，可我在这里能怎么办？"灯光暗下来之后，奈沙听到身边传来一声长叹。

散戏后，奈沙本以为她们可以一起喝杯茶，怎知一出剧院莉桃就说："不好意思，我家那个没用的爸爸发了SOS，可不是闹着玩的，我得回去了。"莉桃对刚才那出舞台剧未置一词，也没感谢今天的戏票，转身要离开时，突然想起什么似的把一个纸袋塞给奈沙，语速很快地说道："拿着，今天的谢礼。就当零食吃吧。"说完她便径直向车站方向跑去。

太阳已经开始西斜，但街上依然明亮。今天的演出相当精彩，担任男主角的那个偶像明星也比想象中要好，但女主角好像差了点意思……奈沙有一肚子的话要分享，没心思直接去车站，就沿着熙熙攘攘的下北街道步行。打开莉桃塞给她的纸袋，见里面装着几个独立包装的卡纳蕾蛋糕，看上去像是手工自制的。一贯懒散的莉桃，高中时都没自制过甜点，但现在，她大概会照着食谱，和孩子们一起烤点心吧。想到这里，奈沙脸上露出微笑，同时却感到一阵强烈的孤独。时间在流逝，我们都有各自的日常。

"这个也是棕色的。"好吃的东西都是棕色的，奈沙想起莉桃说过的话，轻声道。

还有两个月。再过两个月今年就要结束，厄年也要跟着过去了。十月中旬，奈沙通过试戏接到了一个角色，虽然只是舞台剧里的一个很小的角色，但她感觉漫长的隧道尽头终于现出了光明。

从十一月开始，奈沙每天上午都在咖啡店打工，从下午到晚上七点多进行排练。不管是多么小的角色，在排练开始后，整个人都会精神振奋，日子也渐渐地变得充实起来。奈沙能感觉到，隧道尽头的光区正在逐渐加大。

一天，排练结束后，一位前辈提议大家一起去吃烤肉，于是，部分演员和几个幕后人员一行向排练场附近的烤肉馆走去。绝大多数人都是在第一次排练的时候才认识的。通常情况下，奈沙不会参加这种聚会，但因为好久都没有排戏了，她虽然有些紧张，还是和大家走到了一起。店内，他们成排就座，举杯祝酒，点了自己喜欢吃的东西，肉上来就烤，烤好了就吃。

"野口女士，像今天这种情况您的小孩怎么安排？"坐在奈沙旁边的排练女助理问坐在对面的女演员。野口是比奈沙年长十岁左右的资深女演员。

"野口女士，您有小孩？"奈沙忍不住问道。

"我有两个小孩，都在上小学。我呀，向我先生传授了那个的做法，就那个'桌咚饭'。用一只平底锅，把蔬菜和肉一层层码在锅里焖蒸，焖好之后咚的一下直接上桌。现在在我们家超级受欢迎，所以呀，就算我不在，吃饭也没问题。"

欸——什么？"桌咚"是什么！野口小姐周围一阵骚动，顿时热闹起来。奈沙有一搭没一搭地听着，心中却在认真思索，原来演艺事业和结婚生子是可以二者兼得的呀。当然，她也认识几个这样的人，但到目前为止，她总觉得这些事与自己无关。

"不知为什么，我以前总认为要么就走演员这条路，要么就去结婚生娃带孩子，好像非得二选一似的。"从烤肉馆出来，大家一起朝车站的方向走，奈沙碰巧走在野口的旁边，她借着醉意吐露了内心的真实想法。

"我懂，年轻的时候，想事情很容易钻牛角尖。"野口仰着脸，用和蔼的口吻说道，"但是并没有人让你非得在两者之间选一个。不管是戏剧之神还是家庭之神，都没有这么说过。所以呢，你只管伸手去抓住想要的东西就行了。总会有办法的。奇怪的是，有时就算你觉得不行，最后也总能行。"

"'戏剧之神'我知道，但'家庭之神'是什么？"走在身后的一个比奈沙年轻的演员笑着问。"哈哈，我随口一说，是不是太敷衍了？"野口也笑了起来。

下次见到莉桃，得告诉她"桌咚饭"的事，奈沙想。"桌咚饭"的话，没准儿莉桃的丈夫也会愿意做呢。不，下次去莉桃家的时候，自己可以给他们演示一下，对，就这么办，等眼下这部戏顺利杀青后就实行。奈沙随着笑个不停的演员们一起笑了起来。大家嘴里的大蒜味儿交织在一起，飘散在明朗的夜空中。

最大的幸福

　　奈沙忽然意识到，自己跟高中时代起就要好的朋友莉桃，已经有很长时间没联系了。最后一次见面是在……她回想了一下马上记起，还是一起在下北泽看演出那次，但那已经是三年前的事情了。虽然之后两人在 LINE 上还有互动，但那也中断了足有半年的时间。

　　虽然奈沙觉得关系不大，但厄年一过，她的工作果然逐渐增多，在大型舞台剧中扮演过重要角色，还在电视剧中担纲常驻配角。虽然与自己所追求的演员标准相距尚远，每天也有无尽的琐碎烦恼，但相比看着别人的社交媒体干着急的从前，奈沙如今的生活充实了三百倍也不止。

　　奈沙突然发现，自己身边已经没有莉桃那样的家庭主妇，或者在公司工作的上班族朋友了。彼此的作息时间不同，奈沙的工作也没有什么节假日，她明白这种状况在所难免，也能接受现实。同时，她又结交了一些性别年龄各不相同的同行和从事戏剧工作的朋友。

在恋爱问题上，自从厄年的前一年与前男友分手后，奈沙一直处于空窗期，但她并没有为此焦虑。她想，这一定是工作充实起来了的缘故。

有时候，她会忽然很想念莉桃，那种感觉就像打嗝儿一样突如其来。在巡演地尝到美味的时候，在休息日晾完洗好的衣服之后，在深夜时分吃着便利店买的冰激凌往家走的路上。其实，她们也没吵架，只需发条LINE信息，问声"你好吗"之类的就行，但奈沙却总是犹犹豫豫、思前想后，要么觉得莉桃肯定很忙，要么认为见了面也没什么特别好说的，反正莉桃也没主动联系自己……结果，日子就在失联的状态中一天天过去了。

"嘿！你好吗，奈沙？"收到莉桃的LINE消息，是在十二月初。"因为隼斗身体不好，搞得我焦头烂额，所以好久都没联系。前几天，我看了奈沙演的电视剧！或者说，我在看电视剧的时候奈沙突然出现在了屏幕上，我和野野花惊讶得一起尖叫起来。你变成大明星啦！大明星亲自传授的'桌咚饭'在我家一直很受欢迎！"

奈沙在排练的间隙读到这条消息时，鼻子忽然一酸。原来她的小儿子身体不好，而奈沙都不知道。莉桃再怎么大大咧咧，遇到这种事情也一定会焦虑、会难过，还要跑医院，忙来忙去。

"什么大明星，是不是在讽刺我？那只是个小配角哇？野野花和你家那位都好吗？"

奈沙立即在手机上全速输入："找个时间见面吧。"写到这里，她又把这句话删掉了。没必要特意安排时间见面，即使没有特别的话对对方说也不要紧，即使只是互相发几个表情也没什么，只要维系住朋友之间这条纤细的纽带，不让它断掉就好。奈沙对自己说。

"重在底味，本人今天也是这样对自己说的，很拼的呢！"刚刚打完这句话，就听到工作人员结束休息的招呼声在排练场中回荡。

人生充满了不可预料。望着莉桃怀抱着出生刚半年的婴儿，奈沙心里有种不可思议的感觉。

"啊——好怀念小毛头的奶香味儿，甜丝丝的。"莉桃将脸埋进婴儿柔软的头发里，看着奈沙继续道，"真是个乖宝宝哇——这么折腾也不醒。"奈沙听了，如同自己受到了表扬似的，竟然有些害羞。

"可直到几天前她还不肯睡觉呢，哭个没完，我都不知道该怎么办了，也哭得稀里哗啦。"奈沙说道。"有的有的……

哭起来没完……常有的事。"莉桃边应和边深有同感地用力点着头。

奈沙本以为自己不会结婚,也不会有小孩,可就在去年,经历了半年时间的交往后,她与小她两岁的舞美设计师结了婚。今年春天,在她即将三十九岁的时候,她生下了一个女儿。奈沙获得了一年的产假,计划在明年将友惠送进托儿所,并在半年后回到演员的工作岗位上。莉桃说两个孩子都已经上小学了,比以前有了更多的富余时间,所以偶尔会搭电车来奈沙家玩。

"不过话说回来,真没想到奈沙会当妈妈。"

"谁能想到呢。"奈沙从莉桃手中接过开始挣扎的友惠,一边哄一边说,"一直到现在都是这样,她要是不吃奶、不睡觉、不停地哭、不会笑,我就会想这孩子怎么了,是不是生病了,就开始担心,就想哭,给你发了多少次LINE啊,让你听我唠叨。可是当年,在莉桃最辛苦的时候,我只顾着自己玩,什么都不懂,想到这个,真是要反省自己。"

"哎呀,没有什么好反省的啦,"莉桃大大咧咧地说,"照顾新生儿的辛苦,不亲身经历当然不会懂的嘛。当年,也有很多人帮过我呀,还真怀念呢。"

"早知道要生小孩,跟莉桃赶在一块儿生就好了,那样的话就能同甘共苦了。"

"可不，咱们是一起高中毕业的。嗐，生活不会按部就班的，这才是人生啊。"莉桃的语气变得深沉起来。

莉桃说孩子们快放学了，奈沙送她去车站。莉桃走在路上，跟身系婴儿背带的奈沙唠唠叨叨地抱怨着丈夫。有两个穿水手装校服的女孩子走在她们前面。她们一会儿用手肘戳戳对方，一会儿站在肉铺前看看摆在那里的炸货。奈沙仿佛看到了过去自己和莉桃一起走在路上的景象。

"可乐饼看上去好好吃呀。"莉桃在店前停下，买了两只可乐饼，把其中一个纸袋递给了奈沙。两个校服女孩时不时地回头看看她们，随后折返回肉铺，也要买可乐饼。看到这一幕，奈沙和莉桃不由得相视一笑。

"今天谢谢啦，下次再见哪。"两人在检票口挥手告别。奈沙举起友惠的小手，向莉桃摆了摆。承惠于友是最大的幸福。奈沙没有告诉莉桃，她给孩子取名为友惠是出于这个想法。"好了，咱们回家吧。"奈沙对小友惠说。她咬了一口热乎乎的可乐饼，踏上了夕阳下的归途。

我的无敌妹妹

私の無敵な妹

我的无敌妹妹

佐伯春奈和比她小两岁的妹妹夏芽懒洋洋地躺在一张超大号的床上,你一言,我一语,一会儿说要去吃自助蛋糕,一会儿说想去地下的购物一条街,一会儿又说虽然有点热可还是想出门买东西,但是两人说得热闹,却谁也不肯起来。

"不订晚饭就好了,我现在一点儿也不想吃法国菜。"夏芽说。

"那是半年前就预订好的,现在不能取消哇。"春奈应道。

"好想吃豆腐呀,清清爽爽,哧溜下肚。"

"豆腐。"春奈笑了,"你这么一说我想起来了,小夏还做过豆腐呢。"

"哎呀,你怎么还记得,真是的。"夏芽也笑了。

上小学时,在某个暑假,夏芽为了完成自由研究的作业,誓要研制出"日本最美味的豆腐配方",每天都做豆腐。然而，从处理豆子做起毕竟是一件很费功夫的事情，于是她有时会省去用布包挤水的步骤，有时在晾凉的时候一直放着不管，有时凝固剂放得太多，总之经历了一连串的失败，最后她好不容易做出来了豆腐，味道也没比街上卖的好吃。

那时春奈已经上中学，没有自由研究的作业，但受到了夏芽的感染，在一种奇特的热情的驱动下，她在那个夏天很认真地研究了"日本最美味的冷豆腐吃法"。

"那个夏天，我把一辈子的豆腐都吃掉了。"夏芽漫不经心地抬高了双腿。

"哎哟，你才三十多岁，说一辈子有点太早了。等将来上了年纪，变得只认为豆腐才好吃的时候哇，说不定会吃得更多呢。"春奈说。

"确实，想当年虽然那么努力地做豆腐，但我却并没有真正懂得豆腐的美味。直到最近，我才明白豆腐的伟大。"听到夏芽感触良深的语气，春奈笑了起来："说到底，你当时为什么要把豆腐当作研究课题呢？"

"我不记得了。"夏芽咕哝了一声后坐起身来，"要说小孩子啊，真是搞不懂哪。就连我自己都不明白。"她一脸认真。那副表情在春奈的心中与十岁时的妹妹重合在一起。

那时的春奈虽然没有被欺凌或被排挤，但却没有朋友。不管是小学还是中学，她总是独来独往。但她一点儿都不在乎。

她唯一喜欢的就是夏芽。夏芽好奇心强，一点点小事都会觉得有趣，如果没有什么有趣的事，她会自己凭空制造。虽然做豆腐非常麻烦，但她还是做得不亦乐乎。对春奈来说，只要能跟夏芽在一起，将来世上无论多么枯燥无聊、多么蛮不讲理、多么荒唐愚蠢，她都无所畏惧，夏芽是无敌的。不管是上了高中，还是大学毕业进了社会都是如此。

"干脆还是取消法国菜，去啤酒花园怎么样？我查查这附近有没有。"夏芽突然提出新想法，并在手机上搜索起来。

"小夏说行那就行啊。百货公司楼顶上的啤酒花园最棒了。"春奈表示赞同。

"有了有了！咱们奢侈一下，打车去吧，哎呀，春春，别化妆了，快走快走！"

即使在三十多岁的现在，也跟过去一样，春奈紧追着走在前面的夏芽，离开了酒店的房间。

啤酒花园虽然人满为患，但她们等了还没到十分钟就被带到了座位上。除了薯条和烤鸡串这样的常规菜品，还有烧烤套餐，桌上摆着卡式炉。她们点了传统的毛豆、冷番茄、炸鸡块，还点了用于烧烤的蔬菜和肉类，佐伯春奈和夏芽举起大扎的啤酒碰了碰杯，豪饮了一口。

"啊——活过来了，咱们到这儿来真是个英明决策！"

"但是,明天咱俩会不会浑身烤肉味儿啊,油腻腻的。我倒是没问题,但小夏是主角呀。"

"欸,有味儿的话洗个澡不就好了?或者去做个美容?酒店的美容室写着开到十二点。"

烧烤套餐端上来了,春奈和夏芽把肉和蔬菜摆到烤炉上。

"夏天登山可真不舒服。"

"小夏一直坚持到上高中呢。"

"不过饭团还是很好吃的。但对不能喝啤酒的孩子来说,也没有多少成就感吧。"

她们聊到小时候的事情。春奈和夏芽的父母都喜欢山,每个暑假都会带着姐妹俩去各地的山里玩。对于山路、突然出现的虫子、山居客栈的饭菜、客栈里大得吓人的蜘蛛,春奈都极厌恶,但就是因为有夏芽在,她才能够忍受下来。夏芽一直在那里搞怪调皮逗春奈开心,有时玩过了火还会遭到父母的训斥。

从一张张坐得满满的餐台那里传来愉快的交谈声。他们谈到旅行的计划,谈到某人和某人恋情的进展,也谈到电视剧、音乐节、好吃的松饼屋、返乡的日期。春奈发现,虽然她们也和周围的人一样兴致高昂,谈笑风生,但她们聊的都是关于过去的事情。能和夏芽笑到一起的话题,都在她们俩过去的生活中。

"我有点太依赖夏芽了。"看着夏芽把烤好的肉放进自己的盘子里,春奈低声自语,"如果没有夏芽,我都不知道该怎么办才好。"她一说完,差点儿落下泪来。

"傻瓜,我又走不了多远。"夏芽语气轻松,用肩膀碰了碰春奈,"而且我又不会消失不见。哎呀!说这种不吉利的话干吗。快,把猪颈肉吃了,对抗苦夏还是得吃猪肉呢。"

春奈夹起夏芽刚放进自己盘子里的猪颈肉,蘸了点柠檬汁送入口中。虽然天气炎热,湿度很高,但抬头望去,丝毫不受湿度和热气影响的清澈夜空辽阔无边。

"还是去做个美容吧,洗掉肉腥味和油腻感,为了明天好好准备一下。"春奈这样说完,感觉自己终于能够说出未来的事情了,虽然只是轻轻地一带而过。

"要是喝得烂醉,人家就会拒绝服务了,所以啤酒还是慢点喝吧。"夏芽这样说着,叫来路过的服务生,又点了啤酒。

明天,夏芽就要嫁人了,就在她们入住的酒店办婚礼、设婚宴,然后就要搬到福冈去了,因为男方在福冈工作。春奈有生以来将第一次与妹妹分开生活。

"一个人的快乐"计划

　　夏芽的婚礼在酒店的小教堂里举行，婚宴盛大。在姐姐佐伯春奈的印象里，无论多么无聊的事情，夏芽都有本事让它变得有趣，因此对于妹妹选择了传统的酒店婚礼一事，她始料未及。新郎的上司发表了干巴巴的致辞，新郎的几个伴郎穿着礼服在偶像团体的音乐旋律中又唱又跳，夏芽笑吟吟地咬下第一口婚礼蛋糕，这一切都太过普通，叫人意外。只有夏芽的朋友们演出的那台宝塚[1]风格的短剧水平极高，令人惊艳，在春奈看来，这才是最能代表夏芽的余兴节目。

　　当然也少不了新娘的手捧花，夏芽事先指定了春奈之后，背过身去抛出花束。因为周围的人都避让开，所以春奈毫无意外地接住了，但她也没有特别开心。她只觉得孤独。

1　日本著名的大型歌舞剧团，1914年成立，团员全部为未婚女性，男女角色均由这些女性扮演。

婚宴一结束，夏芽和丈夫就启程去古巴度蜜月，春奈和夏芽的父母回到静冈的家，而春奈则带着手捧花回到了东京市内的公寓。直到三个月前，她还与夏芽共同生活在这里。公寓两室一厅，独居未免太大，房租也高，必须尽快找到一处适合单人居住的房子才行——春奈带着这样的想法，三个月的时间就这么过去了。

手捧花是插入花瓶还是做成干花呢，春奈犹豫了一下，把它挂在照不到阳光的墙上，然后换下衣服，卸了妆，蓄了一池热水泡起澡来。

不夸张地说，在过去三十七年的时光里，所有令她快乐的事情都是夏芽教给她的。大学毕业后，春奈在一家为初、高中生提供辅导的大型教培机构就职。她并不是教师，而是工作人员，负责管理排班、准备教材，总之是各种杂务。虽然她并不讨厌这份工作，却也没觉得特别有趣。但是下班后回到家，总是有同住的夏芽肯听她抱怨，听她唠叨。夏芽会凭空臆想学生们的恋爱情景，或者猜测他们将要升入的学校，兴奋得就像她自己也还是个中学生似的。春奈受到她的感染，情绪不知不觉也跟着高涨起来。当初中生升入高中，高中生又变成大学生，最终离开机构时，她总会发自内心地觉得感动和不舍，尽管她并不是教师。

然而，此刻她看着挂在墙上的花束，渐渐对自己这份虽然不讨厌但也不觉得特别有趣的工作失去了坚持下去的信心。她甚至开始想，不如干脆辞职，搬到福冈，重新找份工作算了。

"不行，不能这样。我得振作起来，一个人好好活下去。"春奈对着那束花出声说道，"我必须一个人快乐地生活下去才行。"她又强调了一遍。

首先得搬家。明天是星期天，刚好有时间去房地产中介那里好好转一转。而当务之急是吃饭。过午的婚宴酒席虽然到现在还没让她感觉到饿，但泡过澡之后，春奈还是站到了厨房里，决定给自己弄些吃的。做点简单的东西就好。就从用心做好一人份的饭菜开始吧。这回她没出声，而是在心里默默宣誓，然后打开了冰箱。

目前，佐伯春奈的"一个人的快乐"计划进行得还算顺利。

九月初，她搬了家。新家距离她和夏芽曾经住过的公寓两站地，是套一室一厅的房子，步行七分钟即可到车站。借着搬家的热情，她顺便注册了交友网站，但要实际操作时她又退缩了，之后再没管过。

不过，她加入了机构内部的逛吃小组。在她工作的教培机构里，有好几个兴趣小组，从以年轻教师为主的室内足球和跑步的运动型小组，到相对严肃的读书会和国际象棋小组，再到户外烧烤和观影小组，不一而足。逛吃小组是一个比较松散的集体，小组成员在确定好的主题下，每个月聚餐一次。虽然听上去很简单，但据说在以往的活动经历里，他们曾以"啤酒"为主题参加过札幌的夏日祭，也曾以"螃蟹"为主题远赴上海，这些不那么松散的活动引起了春奈的兴趣。

春奈首次参加的九月活动的主题非常简洁——"秋"。餐厅定在位于东京都边上的一家寿司店。他们包下了这间只有十个吧台座位的小馆，依次品尝了酱油腌鲑鱼籽、自制乌鱼子、煮鲍鱼、原味烤松茸、南瓜蒸蛋等秋季美味。在大家对美食的一片赞美声中，小组负责人、总务部的松原先生突然醒过神来似的。"咱们说点有内容的吧，"他道，"下个月吃什么，还是牡蛎吗？"

"采蘑菇怎么样？找个蘑菇专家带着大家一起进山，晚上找个地方烤烤蘑菇和培根什么的。"

"和户外烧烤小组搞个联谊活动怎么样？"

"咱们也够可以的，嘴里还在吃着，说出来的也都是吃。"

席间传出笑声。春奈也跟着笑，心里却在说松茸真好吃呀，真想让夏芽也尝尝呢。想到这里，她赶紧摇了摇头，不行不行。

"令人期待的新星佐伯小姐，你有什么建议吗？"

突然被点到名字，春奈惊讶地抬起头来。"到了冬天，我想去吃牛肚火锅。"她不假思索地脱口而出，"不是，那什么，因为我妹妹在福冈。"

"牛肚火锅倒是个好主意,半夜的拉面摊也值得一试,乌冬面也不错呢。"松原先生高瞻远瞩地悠悠说道。

虽然在寿司店,但那天的主食不是寿司,而是用砂锅焖出来的秋刀鱼饭。这饭吃起来比鲍鱼和松茸还要鲜美,春奈忍不住脱口道出心中所想:"啊!这是什么,我吃到了什么呀!"像是发出了一个信号,小组成员纷纷附和:"味道真是绝了!""对秋刀鱼简直令人刮目相看!""一辈子拿它当主食都没问题!"寿司店那位年迈的大厨扑哧一声笑出来:"诸位还真是夸张,虽然我很乐意听。"

吃饱喝足,大家在微醺中互相感慨着刚吃过的美味,一起走在通往车站的夜路上。春奈忽然发觉,这个小组的成员谈论的话题虽然仅限于食物,但他们却只谈未来的事情。下个月想吃什么,到了冬天想吃什么……即将到来的季节,还没吃过的美味。对呀对呀,这样一来,自己就能够闯过这一关,安心享受"一个人的快乐"生活了。有酒精助势,春奈的内心变得坚强起来,她不由自主地笑了。

全新的我们

假日通常睡到将近中午才起,简单地换上衣服,到附近的面包店买面包和咖啡,回到家里边看电视边吃,这是佐伯春奈开始一个人生活之后养成的习惯。但在那天,她一大早就起床,刷牙洗脸换好衣服后,充满期待地打开了冰箱。她拿出昨晚放进去的芝士蛋糕,切下一块,对着光滑的切面发出了感叹:"嚯——"

她将速溶咖啡和芝士蛋糕放在餐桌上,双手合十,欣然开动,刚抿了一口就发出了由衷的赞叹。一眨眼的工夫,春奈吃完了一块蛋糕,她呷了口咖啡,又切下一块,突然想起要拍照,拿起手机拍了张照片。

教她用电饭煲做芝士蛋糕的笹本也是逛吃小组的成员之一。

"好吃到爆!在美味的诱惑下,我今天早早就起来了。"春奈给笹本发了条 LINE 信息。很快,笹本回了个表情,一个漫画主人公喜泪纵横地拍着手。

原来笹本——春奈此前完全不知道——今年年初刚刚离婚，因为子女都已成年独立，所以时隔二十五年后，她再次过上了单身生活。由于离婚是她本人的意愿，因此并没有让她感到难过，但是，"要说有什么问题，那就是买菜了。"在和春奈一起吃午饭的时候，笹本这样说道，"超市的鱼一盒都装两三块。肉呢，一盒不是两百克就是三百克。虽说可以冷冻，但也很不方便。"

所以，笹本告诉春奈，她现在都是去鲜鱼店买鱼，去精肉铺买肉。于是，春奈也借着这个话题坦言道："我最头疼的是蛋糕。买两块倒是可以，但只买一块总觉得说不出口。"

"我懂，我也一样。所以呢，我现在开始自己做蛋糕了。"

"自己做蛋糕难度太大了吧。"春奈说。笹本告诉她，有几款简单的蛋糕，保证零失败，并教了春奈几个方子。春奈试做了其中的芝士蛋糕，做好后放进冰箱冷藏了一夜。

当然，这个蛋糕无法与蛋糕店的出品相提并论，但它很好吃。而且，它的好吃当中蕴含着一种不同于市售品的恬适感。最重要的是，早起享用自己亲手制作的蛋糕，这让她感到自己也变得优雅起来。吃了两块蛋糕，品着咖啡，春奈漫然望向窗外。在阳台那边，是一片簇新的清晨市景。春奈忽然想到年过半百又开始了独居生活的笹本。想必她带着一种与自己截然不同的失落感，同时也带着另一种自由与充实生活着。春奈意识到，在独居之前，自己从未考虑过别人的事情，从未想象过其他人是怎样生活的。所以，除了妹妹夏芽，她不与任何人交流，也不曾对其他人产生过兴趣。

春奈把剩下的蛋糕放进冰箱，洗净碗碟，站在阳台上伸了个懒腰。天气不冷也不热，俯瞰沐浴在秋日阳光下的午前城市，春奈再次想到，那里容纳着许多人的烟火日常。好嘞，让洗衣机转动起来吧！她轻轻地为自己加了个油。

半年没见的妹妹夏芽，似乎比以前圆润了一些，因此，在春奈的眼里她就像是个孩子。春奈在事先约好的地铁站下车，来接她的夏芽毫不顾忌他人的目光，连声嚷道："好久不见，好久不见！想死我了！"她兴奋得手舞足蹈，看上去更像是个小孩子了。

这个新年，迁居福冈的夏芽没回娘家，所以春奈自去年夏天的婚礼以来就没再见到过她。

"肚子一点都不明显呢。"在从车站朝夏芽家走的路上，春奈说。

"因为才四个月嘛。下个月终于进入稳定期了。"夏芽道。

去年十二月中旬确认怀孕之后，为保险起见，夏芽没回娘家。

"先别说这个,今天怎么着?是和朋友一起来吃火锅?啊,到了,这儿的三楼。"夏芽领她走进一栋崭新的公寓楼。

"说是朋友,其实都是逛吃小组的成员。"春奈在电梯里简短地解释道。

春奈和夏芽坐在玻璃门朝向阳台的宽敞客厅里,兴致勃勃地聊起这半年来的生活。夏芽如今在一家时装和杂货精品店上班,打算一直工作到小孩出生。说到新婚旅行、找工作的辛苦、这座城市居民粗犷的驾驶风格,以及怀孕前的一些琐事,夏芽不改往日的风趣,即使是微不足道的小事也会让春奈笑到肚子疼。"啊,夏芽还是那个夏芽。"春奈内心默默感叹。

虽然是休息日,但夏芽的丈夫好树今天要上班,夏芽说他很为见不到春奈而遗憾。

"你明天回?要不,等你们那个火锅聚会结束后,来我家住一晚吧。这样就能见到小好咯!我现在虽然不能喝酒,但你们可以喝呀!家里什么酒都有,全着呢。"夏芽力劝道。

虽然距离逛吃小组的约定时间还早,但春奈想在这座陌生的城市中逛逛,便站起身来说:"我差不多该走了。"

"结束以后给我发LINE啊,如果不认识路我会去接你的。"送到玄关的夏芽说道。

"谢啦!不过饭后我们很可能还会换个地方继续喝,再说我已经订好酒店了。下次吧,我还要来看小宝宝呢!"春奈道。夏芽好像想说些什么，但犹豫着咽下了要说的话，脸上露出笑容："那好吧，玩得开心点哟！喝完了酒呢，我推荐你们吃乌冬面而不是拉面，从年龄来看更适合。WEST 面馆的话，二十四小时营业呢！"

两人在电梯前挥手告别。会合的时间定在傍晚六点，大家会根据自己的时间坐不同的车次来到福冈，在牛肚火锅店集合。续摊之后的乌冬面，听起来不错。初来乍到的春奈迈开步子，走在夕阳下的城市里。大约半年后，夏芽就要当妈妈了。到那时，自己不再是谁的姐姐或者女儿，而是把独居生活过得风生水起的佐伯春奈。她确信，全新的自己和当了妈妈的夏芽，一定能用与以往不同的方式更好地相处。嗯，那就像是用心烹制的菜肴，会变得更加美味可口。

我们的小历史

私たちの
ちいさな
歴史

我们的小历史

为了收拾无人居住的老房子，新塚美海子每个周末都会去那里。因为平日要工作，她只能趁着周末去整理，跨着双休日留宿一晚。家住附近的姐姐负责母亲的搬迁工作和随后的各种杂务，而从事自由职业的网页设计师弟弟就在平日里担负起拆解老房子里的大型家具，并运送到大件垃圾处理中心的任务。因此，一些琐碎的事情，像整理相册、处理衣物和生活用品，以及贵重金属制品的拣选取舍等工作，就交由美海子负责。经过商量之后他们做出了如上的分工。

等过了新年，就要拆除房屋，清理成空地，然后出售。这是他们和母亲一起四个人共同决定的。姐弟三人各自因升学和工作而相继离开这个家，迄今已经过去了二十多年，父亲的离世也是七年前的事情了，就在去年，独居的母亲突然提出要搬家，今年夏天，母亲终于搬进了一所老年公寓。

美海子来到母亲曾经的卧室，取出了吊柜中的物品，把它们全都摊在榻榻米上，她发现了一个装得满满的纸箱，里面全是记账本。坐在那些蒙了灰尘的盒装人偶娃娃、古远的相册、姐弟几个过去玩过的桌游等物品的中央，美海子拿起了一册记账本，是1979年的。那年，美海子两岁，姐姐四岁，弟弟还没出生。

记账本里面分门别类地记录着所购物品，细致而有条理。有卷心菜、豆芽、金针菇、豆腐、大萝卜等，蔬菜类很多，而肉类和鱼类却非常少。香烟、啤酒应该是父亲的。最下面有一个备忘栏，里面潦草地写着"百百发烧，呕吐""美美盗汗"等字样。一看就知道，"百百"是指姐姐百百子，"美美"则是美海子。"美美是'为什么'大王。"看到这句话，美海子扑哧一声笑了出来。那肯定是指她成天把"为什么"挂在嘴上，缠着人问东问西。美海子如今上初中的女儿也曾经有过这样的时期。在"百百支撑后回环！""美美趴在地上大哭"等与孩子有关的记录中，也间或夹杂着"阿康腰椎间盘突出""妈妈给了零用钱"等内容。"阿康"指的是她们的父亲康志，"妈妈"，不知是指婆婆还是指自己的母亲。

每翻一页，她都会对父母多一些了解，蔬菜买得多并不是为了健康，而是因为家计困难。父亲康志三十五岁，离升上要职还很遥远，母亲做小时工，那个时代应该也没有现在这么多的选择，工资也不高。并且，他们还背负着这栋刚买下来的房子的贷款。

用红色马克笔龙飞凤舞地写着"有喜！！"的是10月18日那页，母亲在那天得知自己有了身孕，而腹中的胎儿，就是于次年五月降生的弟弟陆郎。

泪珠滴答一下滴落在泛黄的页面上，美海子急忙抹了抹眼睛。她看到了那个清贫的母亲，那个做饭的时候利用豆芽菜和卷心菜来加大菜量，偶尔从婆婆或自己母亲那里拿一点儿零花钱的母亲，那个在对未来的隐约不安中，因孩子发烧而慌张，为孩子的任性而疲惫，也为孩子的成长而欣慰，并且，为了一个新生命的到来而感到由衷欢喜的年轻母亲。在这座古旧的小房子里，居然塞着如此多的生活细节。记账本摊开在面前，美海子环视着被从吊柜中取下的物品弄乱的整个房间。透过窗户洒在室内的阳光已经变成了橘黄色。倏忽之间，孩子们的喧闹、母亲的叫早、父亲对母亲的呼唤、众人的欢笑、电视的嘈杂、水壶烧沸水时的鸣叫、洗衣机完工时的提示音，一下子溢满了被夕阳浸染的整个房间。

接近年关的二十八日，百百子、美海子和陆郎三人在即将被拆除的老房子中集合。美海子一进家门，就见先到的百百子在原来用作餐厅的房间里铺开了野餐垫。

"我带了酒来。香槟、啤酒、葡萄酒，还有日本酒，"百百子提起一个四方的冷藏袋给她看，"我叫阿爸送我过来的。"百百子称她的丈夫为"阿爸"。

"要是喝醉了，这儿可没法住哇，因为被子什么的都没有了。"美海子说道。

房子里已经没有任何大型电器和家具了。因为他们突发奇想，决定在这里搞个年终聚会，不醉不归，所以只有餐厅的空调还没拆，水电也都会一直通到年底。

"肉来了——肉来了——"伴随着开门声，一个欢快的大嗓门叫道。去商店街的滨中精肉铺买熟食是陆郎的任务。

他们将装着炸鸡块、土豆沙拉、凉拌粉丝、肉圆，以及炸肉饼、可乐饼等各种油炸食品的餐盒、袋子一一打开，摆在野餐垫上，用斟在纸杯里的香槟祝酒。他们互相招呼着趁热吃，将鸡块等油炸食品夹到自己的纸盘里，大快朵颐。"我在屋子里转一转。"陆郎一起身，姐妹俩也跟着起来，各自在屋中随意走动。

"房龄有四十五年，是吧？挺过来真不容易。"

"挺是挺过来了，但很多地方都松松垮垮的。"

"圣诞节总是吃这个滨中家的炸鸡。"

"心中却对肯德基无限憧憬。"

"以后，咱们过年就再也没有团圆的地儿了。"

"亏你还说，过年也没见你回过几次家呀。"

"去妈妈住的公寓不就好了嘛。"

转遍了房子里的各个角落，他们又回来坐在野餐垫上，自斟自饮，就着各种酒肴，你一句我一句地闲聊着。

"对了，我还找到了咱家的记账本。那里面哪，零零碎碎的，什么'百百子发烧了''陆郎会站了'之类的，事无巨细都有记录，真舍不得丢掉哇。本子里记载了太多的历史。"

"但是，总不能留着吧。你也有记录这些事的习惯吗？"百百子问。

"以前没有，但现在突然有了想记录的意愿。"美海子回答道。

"可你要是也做记录，以后小雏也要不知道该怎么处置了。"陆郎提到了美海子女儿的名字。

"嗯，也是呀。"美海子笑了笑，忽然意识到，这座空荡荡的房子也像记账本一样，镌刻着历史，"到时候谁来现场，拆屋那天？"

"手续我来办，但我不想来现场。"百百子说，"看到肯定会哭的。"

"这座房子里也有过我们的幸福时光吧。"陆郎仰望着角落有些脏污的天花板说道。

"是啊。"百百子和美海子异口同声地回应。

蓝天下的餐桌

新塚美海子独自一人亲临现场，见证拆屋。拆除工作预计需要大约一周的时间，考虑到可能会有大雨或暴风天气，所以把工期算得宽裕了一些，如果没遇到麻烦，就能提前完成。这些都是美海子从姐姐百百子那里听说的。由于不能每天请假来看，所以美海子就在拆屋的首日请了一天带薪假去了现场。

正月新年转瞬即逝，虽然年后才过去两周左右的时间，但城市已经恢复了正常的运转。她换乘电车到离老房子最近的车站，沿着站前的商店街慢慢走着。尽管年前刚刚来过，但由于从今天开始房子就要被拆除了，一种感伤之情涌上心头，她眼前的景象与童年的记忆交织在一起。手里攥着压岁钱跑去的玩具店、放学路上买红豆饼吃的鲷鱼烧摊位，尽管这些地方现在都已经不存在了，但往日的画面依然历历在目。

到达目的地时，拆除工作已经开始了。房子虽然被白色的隔音布蒙了起来，但从缝隙中可以隐约看到里面。挖掘机拆了墙，又拆了屋顶，工人隔开一段距离朝作业现场喷水。美海子同近处的工人打了声招呼，把在便利店买好的热饮递了过去，获准参观。

虽然百百子说一定会哭所以不肯来，但美海子并没有想哭的心情。在湛蓝的天空映衬下，熟悉的房子被陆续拆掉的画面是令人震撼的。随着屋顶逐步被拆除，蓝天的面积也在逐步增大，美海子回想起母亲准备的各种饭菜。或许是几个月前来整理的时候，她看到了旧记账本的缘故吧。基本上，餐桌上总是以棕黄色的食物为主。她还记得有一段时期，上桌的菜都是用蔬菜和罐头对付出来的，特别寒酸。而在陆郎长身体的时期，以量取胜的饭菜也越来越多。当家里更换了新的烤箱式微波炉时，有好一阵子，母亲参考微波炉专用食谱，做了很多精美的菜肴，像烤猪肉、烤鸡和烤蔬菜等，都是让百百子和美海子欢呼雀跃的美食。

"看着房子被拆，想起来的却是一些吃过的饭菜，真奇怪。明明还有很多可以回忆的事情，像漏雨啦，浴室门打不开啦什么的。"在母亲居住的老年公寓的咖啡厅里，美海子坐在年迈的母亲对面，讲起当时的场景。

"不过，一家五口坐在一起吃饭的机会还真没几次。陆郎上中学的时候，百百子就开始独立生活了。你们在的时候哇，

189

虽然日子过得不容易，但做饭做得有意义呀。后来家里只有我和你爸爸两个人，就不太有动力了。再后来，就剩我自己了，做饭甚至都嫌麻烦，经常买现成的回来。"母亲笑着说，自从搬家后，她就好像神奇地返老还童了。

"也许就是这样吧。"美海子喃喃道，她现在正处在每天为家人的餐食而烦恼的阶段。女儿小雏说怕胖，不肯吃油炸食品，晚上如果以煮鱼和蔬菜为主菜，丈夫准一就会在深夜吃泡面。虽然只是一个三口之家，但她每天早晚都在为吃什么而头痛不已。如果一个人的话，该有多轻松啊，可以随心所欲地吃自己喜欢的东西，或者不吃也可以。美海子经常会这样想。

"总有一天你也会明白的，就在将来的某一天。"母亲唱歌一般悠悠说道，然后突然凑近过来，笑着对美海子说，"哪天如果你要去看那块空地，拜托叫上我呀。"

按照事先的约定，美海子带着母亲一起去看了已经变成空地的老宅原址。虽然她也邀请了百百子，但百百子拒绝了，说是怕触景生情。

在不用上班的星期六，美海子从车站搭乘出租车到老年公寓接上母亲，然后一同前往老房子。母亲像是要去野餐一样，准备了一个方形的户外包，递给美海子，说："里面装了茶什么的。"

出租车行驶了十五分钟左右,把她们带到了以前的家。付完车费下了车,美海子不禁惊呼:"嚯!"

"哎呀!"站在她旁边的母亲也夸张地叫了起来。两人不由得相视一笑。

"真是什么都不剩啊。"

"这块地原来有这么大呀!"

在整片住宅区里,只有这里像是拔掉了颗牙露出的豁口,唯有一块写着"待售"的标牌孤零零地立在原地。在拆屋的时候,美海子脑海里浮现出一幕幕家庭团圆时聚餐的场景,但面对这块空无一物的地皮,她甚至连这里曾经有过一座房子都不能清晰地忆起。

"我们来喝茶吧。"母亲说着,镇定自若地走进了空地,"来呀,快把东西拿过来呀。"

"随便进去,这可以吗?"美海子拿着户外包,犹犹豫豫地走过去。

"嘻,不是还没人买,对吧?"母亲一边说着,一边打开包,拿出野餐垫铺好。她取出不锈钢瓶和包在塑料袋里的东西。等看到她拿出一瓶清酒时,美海子不由得愣了一下,母亲捧着酒瓶穿过空地,往四个地角洒酒。

"这是什么仪式吗?"待到母亲回来坐在野餐垫上后,美海子问道。

"在盖房子之前，有一个叫'地镇祭'的仪式，要把祭祀用的酒和盐，往四处洒一洒，大概是表示请多关照的意思吧。别人教了我步骤，我就照做了。今天哪，我们是要感谢它多年来的关照。虽然只是用酒。"母亲说着，从塑料袋中取出了保鲜盒和锡箔纸包。盒里装着泡菜，锡箔纸里包着的是饭团。

"如果觉得冷，这里还有热茶。"母亲剥开锡箔纸，一边吃饭团，一边说道，"变成一片什么都没有的空地，感觉真清爽啊。"

美海子也伸手拿了个饭团。湿润的海苔和淡淡的盐味真叫人怀念。饭团里包着烤鳕鱼子。天空高远辽阔，没有一片云彩。风虽然有些凉，但洒在身上的阳光却很温暖。

"以前来看这块地的时候，也是什么都没有。当时，我们对大啦小啦都没什么概念，我和你爸爸就用个小棍子在地上画出房间的布局，浴室在这里啊，茶水间在那里啊什么的。"母亲凝视着空空如也的地面，絮絮地说着。美海子仿佛看到了一对年轻夫妇，还没有孩子，没有一整个家庭围着他们转。"你们的爸爸和房子都完成了各自的使命。能够完成使命也是一种幸福啊。因为，也有无法如愿的人和事呀。"母亲像是自言自语般地嘴里叨咕着。不觉得伤感，也没感到寂寞，美海子却泫然欲泣，她急忙抬头看向蔚蓝的天空。

餐桌的记忆

自从一种陌生的新型病毒在世界范围内蔓延，最终导致全球疫情大流行以来，新塚美海子就失去了对时间的感觉。虽然日常生活发生了翻天覆地的变化，也有不同于以往的忙碌需要应对，但她却丝毫觉察不到时间的流逝。

丈夫一周有一半的时间居家办公，而美海子则几乎每天都在远程工作。他们相互约定不得将客厅和餐厅用于公务，丈夫在卧室，美海子则把电脑安放在和式客房，各自开辟了自己的工作间。去年夏末，感染人数日渐减少，丈夫恢复了正常通勤，不再需要张罗午餐的美海子终于松了一口气。她还跟以前一样，每周一大半的时间都在家里工作。

戴着口罩度过了高中时代的女儿小雏，今年春天从高中毕业，升入了北海道的大学。虽然初中毕业时举行了毕业典礼，但高中的入学典礼取消了，小雏直到过完暑假才到校上学。那一年和接下来的一年，学校的体育节、文化节、合唱比赛和远足统统没有。一直到上高三，学校才重新开始举办各项活动，但小雏说，所有活动都是第一次体验，大家心中的困惑比快乐和满足来得更强烈。如今升入大学的她，终于可以面对面地上实体课了。

去年，住在老年公寓里的母亲溘然离世。虽然举行了葬礼，却仅限亲属参加，加之两年以来，由于担心感染到母亲，美海子小心谨慎，只去看望了为数不多的几次，为此，她后悔不迭，痛哭流涕。姐姐百百子和弟弟陆郎也同样伤心欲绝。

虽然发生了这么多事，但她仍然对时间没有感觉。早晨起床，她总是一边准备早餐一边自然而然地想朝楼上喊，叫小雏起床，有时又突然想给母亲打个电话，然后才恍然回过神来。

自去年的新年时起，美海子开始记账了。这也是一个小小的变化。因为正是在那段时期她意识到自己失去了对时间的感觉，所以才决定记录下来，以免忘记。她不仅记录购买的物品和金额，还会记录当天的晚餐内容和一些日常琐事，诸如"夫烧，检测阴性""雏修学旅行"等，就像母亲年轻时曾经做过的那样。

今年用的是第二个记账本了。偶尔想起，她会翻开去年的账本看一看。由于家庭旅行的次数减少了，与朋友的聚餐也少了很多，所以她写下的每一天都没有太大的变化。但是，看到自己记录下来的那些菜单，还是能看出戏剧性的。叫外卖比萨的那一天，家务、工作和丈夫在家的压力都爆发了；过完新年的天妇罗荞麦面，成了她在老年公寓与母亲共进的最后一餐；千层面、沙拉和番茄汤都是小雏跟菜谱书搏斗了半天的成果；而写着"暑假　冲绳"的那四天，很可能是最后一次家庭旅行。

今年夏天，小雏没有回来。自从上了大学，她就开始在咖啡店打工，挣的钱都用在和朋友一起周游北海道上了。最近在视频通话时，小雏又提出"想在大学期间去英国留学"，美海子对她说："没有目标，单纯的留学也不会有什么收获。"虽然话说得冠冕堂皇，但她心里想的却是：去吧，想做就去做吧，为了疫情而忍耐并错过的那些事，今后全都试试看吧。

在疫情、小雏的升学与搬家、母亲的去世，以及后事的料理和各种手续的繁忙中，美海子感觉不到时间的流逝，因而，她已经完全忘记了老房子那块地皮。

"前几天路过的时候，发现那里盖了一栋新房子。感觉完全不一样了，我还以为自己搞错了地方呢。"听到姐姐百百子在电话中的描述，美海子也感到惊讶。尽管美海子知道那块地皮当年就卖出去了，但手续都是百百子办的，所以她没有真实的感受。买卖手续是在房地产中介公司的办公室里完成的，听百百子说，买下这块地的是一对年轻的夫妇。美海子听过就忘记了。

在一个秋高气爽的星期天，美海子一时兴起，决定到那所老房子的原址去看看。在电车和公交车之间换乘的时候，她心中忐忑，自问自己的行为是否太过疯狂，但一踏上那条熟悉的商店街，她的心情就变得欢快起来。美海子左顾右盼，心里盘算着回去的时候买一些滨中家的炸鸡块，新开的蛋糕店等会儿也得进去瞧一瞧。

快走到老房子那里时，她的心开始怦怦乱跳。一幢全新的住宅出现在她眼前。虽然事先已有耳闻，知道那里的氛围会与从前迥然有别，但当她真正站在那幢新建住宅前时，还是惊讶得差点儿叫出声。这是一幢外壁洁白的两层楼建筑，带飘窗，采用了不设围墙或栅栏的开放式外部设计，院子里铺着草坪，种着树，角落里停放着汽车和自行车。一幢崭新而时髦的漂亮住宅平地而起，让周围都跟着明亮了起来。

如果停下来直勾勾地盯着，恐怕会遭人怀疑，所以美海子没有停下脚步，而是在内心"啊啊"地惊叹着从房前走过，转头再看，心里又发出一连串"啊啊"的惊呼。一直走到拐角处，她才再次回过身来。就在她从房子前面经过的时候，门开了，一个年轻的男人走了出来。从他扶着的门里走出来的女人挺着个大肚子。两个人锁好了门，看到了站在一边的美海子。

美海子连忙点头致意，继续朝前走。走出一段她才回头看，只见一辆车子缓缓地从院子里驶出，朝另一个方向渐渐远去。

美海子觉得自己似乎看到了什么不得了的东西。她想最后再看一眼，便又一次从那栋新房子前面经过。玄关，窗户，窗帘，空调室外机，屋檐下的外廊。

在这栋房子地面以下更深的地方，埋藏着一段段悉心经营过的生活。父母买下这块空地之前，一定曾有人居住在这里，再向前追溯，也同样曾有人以此为家，所有这些记忆都静静地沉睡在地下。父母年轻时怀抱的梦想、面临的困难，账本上记录下来的每一顿饭，孩子们的成长、叛逆和秘密都不曾消失，而是在这片土地的深处沉睡着。所有这些记忆都有未来，它们的未来就在此刻，与那对年轻夫妇的日常生活完美对接。想到如此壮丽的图景，美海子不由得感动起来。她回想起与母亲坐在空地上，遥望着无边无际的天空，吃着饭团的往事。或许那时，我们所看到的，就是这些绵延不绝的生活片段。

她含意不明地行了个礼，终于从房前离开了。"我要认认真真地过好自己的每一天。"仿佛被别人家的房子所鼓舞，美海子步履轻快地走了起来。

后　记

　　从2020年6月到2023年2月，我在《橙页》（*Orange Page*）杂志上连载小说，配合杂志每两周一期的发行频率，将一则故事分为上下两部分刊出，每三个月围绕同一组人物展开情节，这是一种稍显特别的连载形式。

　　《橙页》是一份推介各种季节性食材和新式烹饪法的杂志，每期都有一个特辑。当时为将小说也纳入其中，责任编辑每次都会把事先确定下来的特辑中各栏目的小标题告诉我，使我有机会根据特辑的内容进行小说创作。在将这些连载整理成册之际，我回头重读，忆起的都是特辑中的内容。

　　例如"桌咚饭"。这是连锅带菜咚的一下直接摆上餐桌的一种菜式。在"小小的年菜"特辑和"零失败甜品"特辑中都有出现。而自制烹饪包和更换储备食品等做法，我也是从这些特辑中学到的。

如今回想，2020年6月正值新型冠状病毒疫情暴发之后不久。从那时起，三年的时间里，形势时紧时松，外出用餐也有诸多不便。对像我这种三分之一的晚餐都在外面吃，不管是自己还是跟别人一起，总之很喜欢下馆子的人来说，是一个相当大的打击，在疫情暴发的第一年，我就开始讨厌起做饭来。回想起那些特辑，我再次意识到，在那段时期里，正是这本杂志坚持不懈地一直为我们介绍做家常菜的乐趣和技巧，唤起我们即将忘却的季节感，甚至教我们如何享受偷懒的快乐。

每三个月都要打造出一个不同的生活场景，或家庭组合，或单身人士，或亲朋好友，或兄弟姐妹，于我而言，这种持续性的写作是一项相当艰巨的任务。但也许由于我总是会有意识地在文中加入烹饪的因素，所以在这份辛苦中也有着独特的乐趣。而这种乐趣和与他人围坐在餐桌旁时的乐趣，在根本上是相通的。

现实生活中的餐桌并不总是令人愉快的。注重省时而顾不上花样的早点、习焉不察寂寞的一个人的午餐、看着电视节目吃下去的晚饭、因家人正在看的电视节目的音量而略觉不快的晚餐，这些乏善可陈的餐桌景象占了绝大多数。说到这里，我不由得想起疫情之前旅行中常会遇见的，那些闷闷不乐地围坐在餐桌旁的家庭。处在青春期的子女只顾玩手机或打游戏，母亲不知何故正在生父亲的气，而父亲则绷着脸不说话……在旅游胜地的餐厅或食堂里，经常会看到这样的场景。每次遇见，我都会想起自己，想起自己的青春期，想起与昔日恋人的旅行，不由得因理解而感到同情。

然而，当不能再外出旅行时，这些乏善可陈的场景也开始变得令人怀念起来。无论是闷闷不乐，还是百无聊赖，抑或是烦躁不安，围坐在餐桌旁的时间都会转瞬即逝，转眼就被庞杂的日常吞没殆尽。与家人围桌而坐的时光是那么短暂，刹那间便消融在记忆的另一边。与朋友或伴侣之间的餐桌故事，也会随着年龄的变化而不断发生变化。但即便如此，留在记忆中的餐桌，较之独自一人，还是与他人一起的时候居多。

一个热爱美食的朋友告诉我，随着年龄的增长，他开始变得完全不能接受不好吃的饭菜，在有限的餐食里，难吃的食物一次也不想尝试。我听了觉得也有道理，但就我个人来说，如果餐食有限，即使不好吃也没关系，我渴望的是和自己喜欢的人尽可能多地围桌共享。于我而言，快乐胜过味道。

在此，我要感谢为每期连载创作精彩插图的 Ioku Satsuki，以及每次都给予我宝贵感想的井上留美子编辑，同时也感恩所有阅读过这些故事的读者朋友，谢谢你们。如果本书所描写的餐桌能够融为你的记忆之一，我将感到无上的快乐。

图书在版编目（CIP）数据

重启人生就从今日晚餐开始！/（日）角田光代著；
米悄译. -- 上海：文汇出版社，2025. 6. -- ISBN 978-
7-5496-4509-1

Ⅰ. I313.45

中国国家版本馆CIP数据核字第2025PN3445号

"YUBE NO SHOKUTAKU" by Mitsuyo Kakuta
Copyright © Mitsuyo Kakuta , 2023
Simplified Chinese translation copyright © 2025 by Dook Media Group Limited.
All rights reserved.

This Simplified Chinese edition published by arrangement with Kakuta Mitsuyo Office,
Ltd./Bureau des Copyrights Français, Tokyo, and Bardon Chinese Creative Agency
Limited.

中文版权 © 2025 读客文化股份有限公司
经授权，读客文化股份有限公司拥有本书的中文（简体）版权
著作权合同登记号：09-2025-0296

重启人生就从今日晚餐开始！

作　　　者	/	［日］角田光代
译　　　者	/	米　悄
责任编辑	/	邱奕霖
特约编辑	/	高　洁　　毛雅葳
封面装帧	/	梁剑清
出版发行	/	文匯出版社

上海市威海路 755 号
（邮政编码 200041）

经　　　销	/	全国新华书店
印刷装订	/	三河市中晟雅豪印务有限公司
版　　　次	/	2025 年 6 月第 1 版
印　　　次	/	2025 年 6 月第 1 次印刷
开　　　本	/	880mm × 1230mm　1/32
字　　　数	/	170 千字
印　　　张	/	6.5

ISBN 978-7-5496-4509-1
定　　　价　/　59.90 元

侵权必究
装订质量问题，请致电010-87681002（免费更换，邮寄到付）